半小時
漫畫宋詞

陳磊 · 半小時漫畫團隊 著

半小時漫畫宋詞（二版）

作　　者　陳磊．半小時漫畫團隊
責任編輯　夏于翔
內頁構成　李秀菊
封面美術　江孟達工作室

發 行 人　蘇拾平
總 編 輯　蘇拾平
副總編輯　王辰元
資深主編　夏于翔
主　　編　李明瑾
業　　務　王綬晨、邱紹溢
行　　銷　廖倚萱
出　　版　日出出版
　　　　　地址：10544台北市松山區復興北路333號11樓之4
　　　　　電話：02-2718-2001　傳真：02-2718-1258
　　　　　網址：www.sunrisepress.com.tw
　　　　　E-mail信箱：sunrisepress@andbooks.com.tw
發　　行　大雁文化事業股份有限公司
　　　　　地址：10544台北市松山區復興北路333號11樓之4
　　　　　電話：02-2718-2001　傳真：02-2718-1258
　　　　　讀者服務信箱：andbooks@andbooks.com.tw
　　　　　劃撥帳號：19983379　戶名：大雁文化事業股份有限公司

印　　刷　中原造像股份有限公司
二版一刷　2023年3月
定　　價　480元
I S B N　978-626-7261-23-1

原書名：《半小時漫畫宋詞》
作者：陳磊．半小時漫畫團隊
本書中文繁體版由讀客文化股份有限公司經光磊國際版權經紀有限公司授權日出出版在全球
（不包括中國大陸，包括台灣、香港、澳門）獨家出版、發行。
ALL RIGHTS RESERVED
Copyright © 2020 by 陳磊．半小時漫畫團隊

國家圖書館出版品預行編目（CIP）資料

半小時漫畫宋詞／陳磊．半小時漫畫團隊著.
-- 二版. -- 臺北市：日出出版：大雁文化事業
股份有限公司發行, 2023.03
352面；15×21公分

ISBN 978-626-7261-23-1（平裝）

833.5　　　　　　　　　　112002104

圖書許可發行核准字號：文化部部版臺陸字第109041號
出版說明：本書由簡體版圖書《半小時漫畫宋詞》以正體字在臺灣重製發行，推廣經典詩詞。

一、詞在江湖漂
——詞的誕生史

詞，可以說是很多人的童年惡夢：

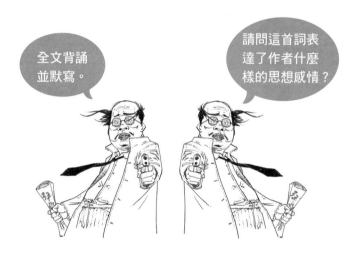

這些字明明你都認識，合起來卻不知在講什麼，你當然會覺得很難背。只有理解了詞，懂得詞人到底想表達什麼，我們才能牢牢地記住它。

不過在研究詞之前，我們首先必須搞清楚一個問題：

詞是怎麼發展起來的？

別急！
待混子哥細細道來。

一、起源

在文學界，有一個江湖，叫做：

詩歌江湖

這個江湖裡，大老眾多，其中有不少是我們都很眼熟的。

下面重點來了，其實這些大老背後，大多都有同一個幕後推手──

音樂！

那些曾經的詩歌江湖領袖，大都跟音樂有著不小的關係：

詩經，古老的詩歌形式，裡面的詩幾乎都可以唱出來。

楚辭，搭配的是楚地的音樂，也就是古時候湖南、湖北的民歌。

漢樂府，繼承了前面的音樂，同時又收集了各地的民歌，是漢朝官方指定的流行歌曲。

這裡要注意一下：
不是所有的詩都能唱。

這些音樂，大部分是土生土長的中原音樂。

俺的老家，
就住在這個屯。

後來，打西邊來了一個叫胡樂的。

胡樂是古代少數民族及外國音樂的統稱，包括西涼、龜茲、高麗、天竺等地方的音樂。

胡樂來了之後，二話不說就要和中原音樂打一架合體。

大概在**隋唐時期**，胡樂和中原音樂合體成功，誕生的聯名款，叫做**燕樂**。

燕樂一出現，立馬火遍大江南北。從朝廷到民間，大家都非常喜歡它。

由此，也誕生了一個新的問題，了不起的音樂有了，用什麼歌詞呢？

在早期，樂工們直接用當時的**名詩**，搭配音樂演唱。

這裡有個小故事：

有一天，**王昌齡**、**高適**、**王之渙**一起喝酒。看見十幾個歌女在唱詩，就要打賭。

第一個歌女唱：

第二個歌女唱：

第三個歌女唱：

這下王之渙坐不住了，說：

結果，那個最漂亮的歌女唱：

　　這個故事記載在唐傳奇小說集 **《集異記》** 裡，真實性很難說，但確實反映出當時用名詩作歌詞是很流行的。

但是隨著燕樂的發展，它的旋律變得越來越複雜多樣，詩已經不能很好地配合音樂節奏了，一些樂工只好將詩改變一下再來演唱，例如：

送元二使安西

（唐）王維

渭城朝雨浥輕塵，客舍青青柳色新。
勸君更盡一杯酒，西出陽關無故人。

乾了這杯酒。

　　為了配合音樂，詩句的某些部分要重複唱，據說有一種唱法是這樣的：

渭城，渭城朝雨，渭城朝雨浥輕塵。
客舍，客舍青青，客舍青青柳色新。
勸君，勸君更盡，勸君更盡一杯酒。
西出，西出陽關，西出陽關無故人。

這樣也勉強算是可以唱了，但是有些民間樂工發現自己還可以做更多。

據說在盛唐時期，民間就出現了按照音樂來填詞的創作方式。

從此，詩歌江湖出現了一個新大老：

詞！

就音樂來說，詩和詞有兩點不同：

1. 音樂種類不同

詩主要是**中原音樂**

詞是中外結合的**燕樂**

2. 能唱的數量不同

詩有的能唱，有的不能

詞幾乎都能唱

二、發展＆繁榮

一種文學體裁要想紅起來，離不開一個因素：

文人的參與。

寫詞不可怕，就怕寫詞的有文化！

文人的參與，會提高新興文體的文學性、藝術性，而且文人本身的影響力也會讓新興文體傳播得更廣。

詞當然也不例外。

詞最開始起源於民間，都是些民間作者在創作，很少有文學名家參與。

據說盛唐時候的李白寫過幾首詞，其中就包括這首〈**憶秦娥·簫聲咽**〉：

憶秦娥 · 簫聲咽

簫聲咽，秦娥夢斷秦樓月。秦樓月，年年柳色，灞陵傷別。

樂遊原上清秋節，咸陽古道音塵絕。音塵絕，西風殘照，漢家陵闕。

可惜的是，這僅僅是據說而已，至今也沒有能夠證明其作者是李白的確切證據。

到了中唐，情況好了一些。有些文人偶爾開始寫詞，例如說有個叫張志和的，寫過一首〈漁歌子·西塞山前白鷺飛〉：

漁歌子 · 西塞山前白鷺飛

西塞山前白鷺飛，桃花流水鱖魚肥。
青箬笠，綠蓑衣，斜風細雨不須歸。

還有白居易，他寫過一首〈憶江南·江南好〉：

憶江南 · 江南好

江南好，風景舊曾諳。

日出江花紅勝火，春來江水綠如藍。

能不憶江南？

但詞的真正崛起，還要到晚唐五代時期。

那時候，商業逐漸發達，娛樂場所越來越多。

而早期的民間詞，就是為了娛樂而生，所以參與填詞的文人越來越多。

這時候，誕生了第一部文人詞集：

其中的代表人物就是鼎鼎有名的

《花間集》對後人寫詞的影響很大，但是不足也很明顯：

　　《花間集》裡的詞是文人在吃吃喝喝的時候寫的，很大一部分題材都是關於兒女情長和貴族公子的生活。

所以花間詞的格調是比較低的，很多文人在這個基礎上開始尋求突破。

李煜把酒宴上寫吃吃喝喝、情情愛愛的詞，變成文人抒發感情的工具，一下子就變得高大上了。

柳永寫的詞很受老百姓歡迎，不光詞寫得好，還能自己作曲。

蘇軾在婉約之外，開創豪放和曠達的寫詞風格。

周邦彥吸收前輩的優點，可以說是詞的集大成者。

　　李清照善於展現豐富細膩的感情，語言樸素但又很雅致，是婉約派的代表人物。

　　辛棄疾擴展了詞的內容。在他筆下，愛國情懷、農村生活的閒適自樂都可以寫進詞裡。

在這些大老的帶領下，詞在詩歌江湖上終於有了自己的一席之地。

二、振興詞壇溫庭筠

有這麼一個人：

他家祖上出過宰相，雖
然到他這一代已經沒落，但
也算是出身名門；

他才華橫溢，考試
寫文章信手拈來，十分
迅速。

他，就是**溫庭筠**。

溫庭筠是唐初宰相溫彥博的後裔，同時他本人也是當時有名的才子，傳說叉手八次即可完成文章，因此江湖人稱**溫八叉**。

按理說，像這樣既出身名門又才高八斗的人，前途應該十分光明，隨隨便便就能走上人生巔峰。

但溫庭筠用實際行動向大家證明了什麼叫做「沒有人能隨隨便便成功」。一手好牌，到了溫庭筠手上，也能被他打壞。

溫庭筠年輕的時候和大多數讀書人一樣，人生目標就是考中進士，然後當大官、做大事。

但現實十分骨感，他終其一生都沒有考中進士。

為什麼會這麼慘呢？

在溫庭筠還是個文藝青年的時候，他喜歡到處溜達：在塞外當過幕僚，去蜀地旅遊過。

但文藝青年溫庭筠有個毛病，那就是喜歡去青樓玩耍。喜歡去青樓倒也沒什麼，畢竟這對當時的文人來說也不是什麼新鮮事，壞就壞在溫庭筠去得不是時候。

有一次，溫庭筠跑到淮上（大致位於今天江蘇揚州一帶）旅遊。當地有個名叫姚勗的人很看好他，給了他一筆錢，本意是叫他拿了錢後好好學習、天天向上。

結果溫庭筠拿這些錢轉頭就到青樓花了個乾淨。這還了得？姚勖知道後就把溫庭筠打了一頓。

這事很快傳遍了文化圈。這下溫庭筠可以說是臭名遠揚了。

　　後來，溫庭筠又去陪當時的太子李永遊玩。太子，那可是未來的皇帝！這下，溫庭筠的前途總該光明起來了吧？

　　然而好景不長，有人彈劾太子只知道遊玩，建議皇帝廢了他。雖然李永最後保住了太子之位，但從此被禁止隨便出門，沒過多久，就憋屈死了。

太子被冠以「宴遊敗度」的罪名，險些被廢。所謂「宴遊敗度」，翻譯成白話，意思就是只知道吃喝玩樂，敗壞法度。而當時陪太子遊玩的正是溫庭筠。

名聲本來就不太好，再有這麼個黑歷史，這下溫庭筠的科舉之路更難走了。

按照當時的科舉制度，考生要先經過京兆府的考試，再由京兆府推薦去參加進士考試。

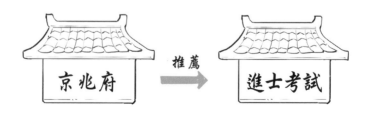

而溫同學在京兆府的考試中得了第二名。

> 我還有很大的
> 上升空間。

以這個名次，考中進士那是十拿九穩的，但是，溫庭筠沒去考試。

不僅這次進士考試他沒去，連第二年京兆府的考試他也沒去。

他沒去考試究竟是因為生病還是其他，說法很多。一種說法是他名聲不好，再加上因為太子的事得罪了皇帝，最後被取消了資格。

後來，溫庭筠在詩中寫道：

積毀方銷骨，微瑕懼掩瑜。

——節選自〈病中書懷呈友人〉

眾人不斷的毀謗足以毀滅一個人，而再好的美玉也會害怕有小小的瑕疵。

面對科舉失敗，溫庭筠毅然決然地選擇了——回家緩緩。

再接下來的幾年裡，溫庭筠先是回了老家，之後又出門旅遊了一陣，最後在長安的郊區閒居。

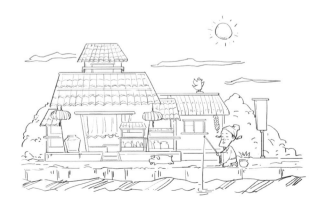

八年之後，溫庭筠再次參加科舉考試。

考前他還特地跑去拜見主考官。主考官十分賞識他的才華，甚至當眾誇獎他。

他信心滿滿地去考試，可還是**落榜**了。

溫庭筠的科舉之路之所以走得這麼艱辛，是因為他有一個神技：

得罪人！

而宰相令狐綯就是他主要得罪的人。

當時的皇帝很喜歡詞，令狐綯就找溫庭筠來做他的代筆。但找代筆這事畢竟不光彩，所以他囑咐溫庭筠不要把這事說出去。

結果溫庭筠轉頭就把這事說出去了。

人前人後，溫庭筠經常說令狐綯的壞話，譏諷他不學無術，是**中書堂內坐將軍**。

大家看啊，
一個文官頭頭，
卻沒什麼文化，
像個武夫一樣。

　　令狐綯是那種愛記仇的人，於是他就跟皇帝說：「溫庭筠是有才，但是人品太差，不應該讓他中進士。」

陛下，這是典型的
高智商低情商，不
能用啊！

　　就這樣，接下來的幾次科舉考試溫庭筠都沒考中。失望之下，他索性當起槍手來。自己屢試不中，但幫別人考試，他還是非常拿手的。

　　有一次考試，主考官對溫庭筠替別人作弊的大名早有耳聞，特地把他安排在自己的眼皮底下，死死盯著。結果溫庭筠還是成功幫助八個人作弊。

　　朝廷自然是不能容忍這種事情，於是就把他趕出長安，打發到當時比較偏遠的隋縣。

好在溫庭筠當時認識一個叫徐商的官員，他倆交情不錯。於是徐商就把溫庭筠調到自己身邊當幕僚。

後來，徐商當上了宰相，他又讓溫庭筠去做國子助教。雖然級別不高，但大小也是個京官。

溫庭筠上任以後，主持了一次國子監的秋試。考試結束後，溫庭筠把考生的文章拿出來公示，他的本意是顯示公正，但是裡面有好多諷刺社會現實、批判當權者的文章，這下子可得罪了不少權貴。

宰相楊收就是其中一個。《舊唐書》上說他生活奢靡，縱容家奴仗勢欺人，總之不是什麼好人。

這個楊收就把溫庭筠貶到一個叫方城的地方，而溫庭筠受此打擊，不久就病死在方城。

溫庭筠這一生，口碑不好，被人視作浪蕩子；運氣很差，捲入太子事件，導致科舉之路極度坎坷；性格太直，得罪了不少權貴。

雖然他的人生之路非常坎坷，不過文才還是很受好評的。

溫庭筠和李商隱合稱「溫李」，詩寫得不錯，比如這首〈商山早行〉：

商山早行

晨起動征鐸[1]，客行悲故鄉。

雞聲茅店月，人跡板橋霜。

槲[2]葉落山路，枳花[3]明[4]驛牆[5]。

因思杜陵[6]夢，鳧雁[7]滿回塘[8]。

【注釋】

[1]動征鐸（ㄉㄨㄛˊ）：震動車馬所掛的鈴鐺。鐸，大鈴。

[2]槲（ㄏㄨˊ）：一種落葉喬木。

[3]枳（ㄓˇ）：也叫「臭橘」，一種落葉灌木或小喬木。

[4]明：使……明豔。

[5]驛（ㄧˋ）牆：驛站的牆壁。

[6]杜陵：地名，這裡指長安。

[7]鳧（ㄈㄨˊ）雁：鳧，野鴨；雁，大雁。

[8]回塘：岸邊曲折的池塘。

【翻譯】

　　黎明起床，車馬的鈴鐸已震響；踏上遙遙征途，遊子悲思故鄉。

　　雞聲嘹亮，茅草店沐浴著曉月的餘暉；板橋上彌漫著清霜，先行客人足跡已成行。

　　枯敗的槲葉，落滿了荒山的野路；淡白的枳花，鮮豔地開放在驛站的泥牆邊。

　　回想曾經夢見杜陵的美好情景，一群群野鴨，正嬉戲在岸邊的湖塘裡。

這首詩是溫庭筠在旅途中寫的，他在詩中講出了旅人們的一些共同感受。

但真正奠定溫庭筠文壇地位的，是他的詞。

在此之前，詞就是文人偶爾寫著玩的，從溫庭筠起，才越來越多的文人開始填詞。

溫庭筠詞裡的主角大多是女子，而且用詞非常豔麗，比如這首〈菩薩蠻·小山重疊金明滅〉：

菩薩蠻·小山重疊金明滅

　　小山[1]重疊金明滅[2]，鬢雲[3]欲度[4]香腮雪[5]。懶起畫蛾眉[6]，弄妝[7]梳洗遲。

　　照花前後鏡[8]，花面交相映。新帖繡羅襦[9]，雙雙金鷓鴣[10]。

【注釋】

[1]小山：指繪有山形圖畫的屏風。

[2]金明滅：形容陽光照在屏風上金光閃閃的樣子。

[3]鬢雲：像雲一樣的鬢髮。

[4]欲度：度，覆蓋。欲度，就是將掩未掩的樣子。

[5]香腮雪：形容雪白的面頰。

[6]蛾眉：形容女子細長彎曲的眉毛，好像蠶蛾的觸鬚，故稱蛾眉。

[7]弄妝：梳妝打扮。

[8]照花前後鏡：用前鏡後鏡照著裝扮的花容。

[9]羅襦：綾羅短襖。

[10]鷓鴣：貼繡上去的鷓鴣圖。

【翻譯】

　　陽光照在繪著山形圖案的屏風上，金光閃閃，鬢邊髮絲飄過潔白似雪的香腮。懶懶地起來畫一畫蛾眉，遲了好久才起身梳洗整理衣妝。

　　照一照新插的花朵，照了前鏡又對後鏡，紅花與容顏交相輝映，剛穿上的綾羅短襦，繡著一雙雙的金鷓鴣。

　　在這首詞裡，溫庭筠描繪了一個華貴漂亮的女子形象：她坐在描金的屏風旁，鬢髮如雲，香腮似雪，頭上戴著花，身穿繡著金鷓鴣的衣服。

　　後來，很多人都喜歡模仿溫庭筠的風格填詞，其中就包括五代十國時期後蜀的詞人們，《花間集》就是在那個時候誕生的。

　　唐朝滅亡後，各地藩鎮為了爭當老大打成了一鍋粥，而蜀地由於地勢險峻很少受到戰火的波及，很多文人都逃到蜀地避難。從皇帝到大臣都沉溺於宴飲享樂，在酒宴上寫了不少助興的詞。

　　後來有人把這些詞整理成書，這就是《花間集》。因為這些詞是酒宴助興的工具，就定下了詞為**豔科**的基調。

當然，溫庭筠的詞中也有一些語言比較清麗的，比如這首〈望江南·梳洗罷〉：

望江南·梳洗罷

梳洗罷，獨倚望江樓。過盡千帆[1]皆[2]不是，斜暉[3]脈脈[4]水悠悠。腸斷[5]白蘋[6]洲[7]。

【注釋】

[1] 千帆：上千只帆船。帆：船上的布蓬，又做船的代名詞。

[2] 皆：都。

[3] 斜暉：日落前的日光。暉：陽光。

[4] 脈脈：含情凝視情意綿綿的樣子。

[5] 腸斷：形容極度悲傷愁苦。

[6] 白蘋（ㄆㄧㄣˊ）：水中白色的浮草。古時候，男女之間常常采下蘋花贈別。

[7] 洲：指水中的陸地。

【翻譯】

梳洗打扮後，在望江樓上獨自倚靠欄杆遠望。成百上千艘船過去了，所盼望的人都沒有出現。太陽的餘暉脈脈地灑在江面上，江水緩緩地流著，思念的柔腸縈繞在那片白蘋洲上。

　　不過，總的來說，這時候的詞，還是文人吃喝玩樂過程中的玩具。

　　這時候，出現了一個讓詞變得高大上的人，這個人是誰呢？

三、士大夫之詞的開端
──詞帝李煜

　　花間詞派的詞人們，會把宴會上的無病呻吟轉變成隱約的情意，大多寫一些閨房裡的故事。

　　但是，接下來要講的這位詞人，不再只局限於寫閨房故事，他寫了許多懷念家國的千古名篇，他的名字叫**李煜**。他是一國之主，江湖人送外號──**詞帝**。

他這個「詞帝」可不是隨便叫的，歷史上許多文人對他的詞都有很高的評價。比如清朝大詞人納蘭性德就曾評價他：

花間之詞如古玉器，貴重而不適用；宋詞適用，而少質重。李後主兼有其美，更饒煙水迷離之致。

大意是說，花間詞就好像古董玉器，貴重但不實用；宋詞實用，但缺少質感和厚重。李煜的詞兼具了兩者的優點，而且還更有情致。

可以說，這個評價是非常非常高的。

這位大神級詞人的一生，大概可以分為兩段：

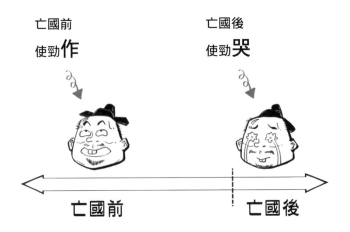

上半場：亡國前使勁作

話說五代十國是唐朝之後的一個亂世，這個亂世之後就是宋朝。這期間有個國家叫作**南唐**。

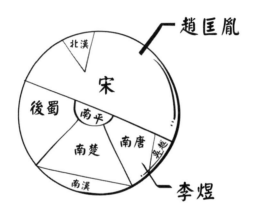

李煜出生在南唐的帝王家，父親是南唐國君李璟。李煜排行老六，前面的四個哥哥都夭折了，只剩一個大哥。

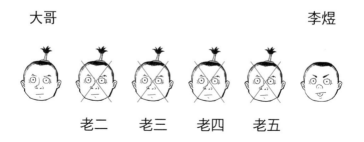

李煜長相很有特點：**豐額駢齒、一目重瞳**。就是腦門很大，**大齙牙，眼珠子裡有兩個瞳孔。**

有點醜是不是？
可相傳歷史上舜和項羽的眼珠子裡都長著兩個瞳孔。

　　據說就是因為他有帝王之相，他的大哥老是猜忌他，於是李煜開始低調做人，玩起了隱居。

來呀，隱居呀！

可萬萬沒想到，他的大哥竟然掛了。於是，他一不小心就成了太子，後來又一不小心成了南唐國君。從這時起他改名叫**李煜**，以前其實叫**李從嘉**。

李煜的「**煜**」意思是：**光耀**、**照耀**。意思是說他的光芒照耀在南唐的大地之上。作為國君的名其實很霸氣，有沒有？

如果論藝術才華，李煜堪稱古往今來的國君裡數一數二的。據史書記載：**李煜精書法，工繪畫，通音律，善詩文。**翻譯過來就是，只要是文化人玩的，他都玩得溜。

但是這些都不是關鍵，最關鍵的是做了國君後，李煜就壓抑不住天性，開始放縱自己。

你以為李煜就要登上人生巔峰了？

那你就錯了，當上南唐國君成了李煜人生悲劇的開始。當時北方有個大佬叫**趙匡胤**，是宋朝的開國皇帝，他可不是好惹的。

面對剽悍的趙匡胤，李煜求生欲滿滿，他做了幾件事情：

1. 自降身段

李煜剛繼位沒多久，「皇帝」的名號就不要了，把趙匡胤當主子一樣對待，自認南唐為宋朝的屬國。

這不能怪李煜孬，畢竟他老爹李璟就這麼做過。

2. 花錢保平安

李煜還各種溜鬚拍馬，逢年過節就往趙匡胤那裡送錢，一年要送好幾回，還都是自己主動安排人去送，搞得趙匡胤都有點不好意思了。

聽說您養的狗滿月了，我家主子特命我送來汪汪大禮包。

送禮送到沒錢了，就收各種稅，盤剝老百姓。後來聽從大臣的建議，開始發行鐵錢，搞得南唐物價飛漲。

煎餅餜子

加蛋嗎？

加不起！

十兩一個

3. 活在自己的世界裡

更多的時候，李煜都是活在自己的世界裡，每天吃喝玩樂。他作為一個文藝青年，還搞了很多文藝活動，寫寫詞，彈彈琴，反正只要不過問朝政就行。

4. 自廢武功

但是，總有一些大臣勸李煜要振作起來，甚至還有個叫作**林仁肇**的名將，主動請纓去揍趙匡胤。

打贏了算老闆的，打輸了員工自裁，這麼忠誠的員工，上哪兒找去？

可是結果呢，李煜被別人一糊弄，竟然把林仁肇給砍了，而且類似的事，他還糊里糊塗地幹了好幾回。

客觀地說，李煜是出了名的好脾氣，很多得罪他的大臣沒被罰，反倒有賞。只是後來受手下奸臣的挑唆，加上趙匡胤的反間計，他才開始亂來。

5. 信仰佛教

估計李煜也覺得趙匡胤不會就這麼放過自己，於是，他絞盡腦汁終於想到了一個主意，就是信佛。他不僅自己信佛，而且還大力發展佛教。

> 佛祖保佑我
> 別亡國就行。

總之，原本就是隻弱雞，現在還這麼做，因此，李煜等到的並不是佛祖的保佑，而是趙匡胤的如來神掌。

> 我這麼虔誠，
> 為什麼還要
> 如此對我？

趙匡胤看到李煜這樣無藥可救，就想派兵去收拾他。當時宋軍打算利用浮橋渡過長江天險，李煜和他的大臣聽到這個消息樂了，因為他們覺得這根本是不可能的。

實際上，當時有個文人叫**樊知古**，他早年沒考上南唐的科舉，於是懷恨在心，當了間諜，天天跑到長江邊測量水位，搞出了一套渡江的辦法。

　　在宋朝軍隊長驅直入，一路攻城掠地的時候，李煜還一直活在自己的世界裡。周圍的人騙他說：宋軍出師不利。等他發現大事不好的時候，宋軍已經打到國都了。

　　這時候，李煜決定使用老套路——送錢！
　　可是趙匡胤說了句名言：

臥榻之側，
豈容他人鼾睡？

　　於是，李煜真的亡國了。
　　據說，在被押往北方之前，他跑到祖廟和先人們辭行。結果，看到宮女的時候，他哭了。

破陣子・四十年來家國

　　四十年來家國，三千里地山河。鳳閣龍樓[1]連霄漢[2]，玉樹瓊枝[3]作煙蘿[4]，幾曾識[5]干戈[6]？

　　一旦歸為臣虜，沈腰潘鬢[7]銷磨。最是倉皇辭廟[8]日，教坊猶[9]奏別離歌，垂淚[10]對宮娥。

【注釋】

[1]鳳閣龍樓：指帝王居所。

[2]霄漢：指天空。

[3]玉樹瓊枝：形容樹木華美。

[4]煙蘿：草樹茂密，籠罩著霧氣。

[5]識：經歷。

[6]干戈：兵器。喻指戰爭。

[7]沈腰潘鬢：比喻男子的身體瘦弱，鬢髮早生。

[8]辭廟：辭別宗廟。廟，宗廟，古代帝王供奉祖先牌位的地方。

[9]猶：還。

[10]垂淚：流淚。

【翻譯】

　　南唐開國已有四十年的歷史，坐擁三千里的遼闊山河。宮殿高大雄偉與天相接，宮苑內草木茂盛，樹木華美，藤蘿纏蔓，像籠著煙霧。何時經歷過刀槍劍戟的戰爭烽煙呢？

　　自從做了俘虜，心中憂思難解，已是如沈約一般憔悴消瘦，如潘岳一樣兩鬢斑白。記憶最深的是倉皇地辭別宗廟的時候，教坊裡還演奏著別離的悲歌，我悲傷欲絕，只能流著眼淚面對曾經朝夕相處的宮女們。

到祖廟裡和先祖辭行時沒哭，偏偏是看到宮女才哭，於是有些人就認為，李煜簡直是太荒唐了。

但也有些學者認為並非如此，這其實恰恰體現了李煜的

純真。

李煜常常把自己最真實的想法寫進詞裡，這是十分難能可貴的，因為這是很多詩人特別忌諱去做的事情。王國維曾這麼點評：

王國維

詞人者，不失其赤子之心者也。主觀之詩人，不必多閱世，閱世愈淺，則性情愈真，李後主是也。

下半場：亡國後使勁哭

亡了國的李煜來到北宋都城開封，趙匡胤給李煜封了侯，但是名字不太好聽，叫作——

違命侯。

不過，北宋對待亡國國君的態度還不錯，只要老老實實待著，別折騰出什麼亂子，就好吃好喝招待，最好是能讓他們——

那李煜真的樂不思蜀了嗎？並沒有！

他發揚了純真詞人的一面，陷入對故國無盡的思念當中。在這段時間，李煜基本上就兩個狀態：

喝**酒**　　　　　　　做**夢**

每天都喝得五迷三道的，只有這樣他才能在迷離和虛幻之中忘卻亡國之痛。

下面這兩首詞〈浪淘沙令・簾外雨潺潺〉和〈相見歡・無言獨上西樓〉正表現出他的這種狀態。

浪淘沙令・簾外雨潺潺

簾外雨潺潺[1]，春意闌珊[2]。羅衾[3]不耐[4]五更寒。夢裡不知身是客，一晌[5]貪歡。

獨自莫憑欄[6]，無限江山，別時容易見時難。流水落花春去也，天上人間。

【注釋】

[1]潺潺（ㄔㄢˊ）：指雨聲。

[2]闌珊：凋殘。

[3]羅衾（ㄑㄧㄣ）：羅綺的錦被。

[4]不耐：忍受不了。

[5]一晌（ㄕㄤˇ）：片刻。

[6]憑欄：靠在欄杆上。

【翻譯】

門簾外傳來潺潺雨聲，濃郁的春意又要凋殘。即使蓋著羅織的錦被也忍受不住五更時的寒冷。只有美夢中忘掉自身是羈旅之客，才能享受片刻的歡樂。

獨自一人登樓憑靠欄杆遠望，引起對故國遼闊無邊江山的思念。離開時容易，再見故土就難了。時光像流失的江水、凋落的紅花跟著春天一起離開，過去和今天，一是天上一是人間，相隔遙遠（再難見）。

相見歡．無言獨上西樓

無言獨上西樓，月如鉤。寂寞梧桐深院鎖清秋[1]。

剪不斷，理還亂，是離愁[2]，別是一般滋味[3]在心頭。

【注釋】

[1]鎖清秋：被秋色所籠罩。清秋，一作深秋。

[2]離愁：指離國之愁。

[3]別是一般滋味：另外有一種意味。

【翻譯】

孤獨的人默默無語，獨自一人緩緩登上西樓。仰視天空，殘月如鉤。梧桐樹寂寞地孤立院中，幽深的庭院被籠罩在清冷淒涼的秋色之中。

那剪也剪不斷，理也理不清，讓人心亂如麻的，正是亡國之苦。這樣的離異思念之愁，而今在心頭上卻又是另一種不同的滋味。

　　李煜早期的詞大多都是一些閨房內的事，也是極為香軟的，但亡了國的李煜寫詞的技能一下突破天際，詞的境界拔高了好幾個臺階。

　　王國維對李煜的詞給出了極高的評價，他是這麼說的：

王國維

詞至李後主而眼界始大，感慨遂深，遂變伶工之詞而為士大夫之詞。

　　意思是說：詞到了李煜這裡，境界變得廣闊，感慨更加深沉。詞原來只是樂工寫來娛樂的，從李煜開始，才變成士大夫表達個人情感的工具。

不過，給了李煜這些痛的趙匡胤並沒有蹦躂多久，很快就因為「某種無法解釋的原因」掛了。之後趙匡胤的弟弟趙光義繼位。

請叫我
李煜天敵。

李煜原以為他的悲劇可能有所轉機，可萬萬沒有想到，新上任的皇帝趙光義更不是東西，用盡各種手段欺負李煜，讓他蒙羞受辱。在極度痛苦中，李煜寫了一首流傳千古的詞：

虞美人·春花秋月何時了

春花秋月何時了[1]？往事知多少。小樓昨夜又東風，故國不堪[2]回首月明中。

雕欄玉砌[3]應猶[4]在，只是朱顏[5]改。問君能有幾多愁？恰似一江春水向東流。

【注釋】

[1] 了：完結。

[2] 不堪：忍受不了。

[3] 砌：臺階。

[4] 猶：還。

[5] 朱顏：紅顏，這裡代指少女。

【翻譯】

　　春花秋月的美好時光是什麼時候完結的，過去的事情還記得多少！昨夜小樓上又吹來了東風，在這皓月當空的夜晚忍受不了去回憶故國的一切。

　　當年那精雕細刻的欄杆、玉石砌成的臺階應該都還在，只是心裡所懷念的人兒容顏已老。要問我心中有多少哀愁，就像那不盡的一江之春水滾滾向東流。

　　相傳，這首詞是在李煜的生日宴會上，由李煜安排的一位歌姬唱出來的。這事被趙光義知道了，他十分憤怒，痛下殺手，讓李煜的生日變成了忌日。

　　相傳趙光義賜給李煜一杯毒酒，李煜喝完之後，沒多久就一命嗚呼了。

　　縱觀李煜的一生，他看似有兩個人格：亡國前，文藝青年，瀟灑快活、沒心沒肺；亡國後，畫風突變，悲傷逆流成河。

亡國前，花天酒地

亡國後，借酒消愁

　　這其實源自李煜性格當中的那部分「真」，他是有什麼就說什麼的那種純情詞人，可能跟他從小生長的環境有關。

生於深宮之中，長於婦人之手。

王國維

李煜亡國於趙宋，自己被抓，成了俘虜，受盡人格上的屈辱；而一百多年後，老趙家也出了個文藝皇帝，也把國家搞到滅亡，全家都當了俘虜，也受盡屈辱，他就是**宋徽宗**。

李煜和宋徽宗都不適合做皇帝，本來也輪不到他們，可是老天爺偏偏要讓他們上位，享受皇帝的生活，卻不能肩負皇帝的責任。這是他們的人生悲劇，更是國家和老百姓的悲劇。

他們留下的文藝作品越優秀，就越讓人感慨和無奈。

李煜走了，一個時代結束，新的時代來了。下面，我們將正式進入宋朝——詞的輝煌時代。

四、一口氣讀完北宋歷史大背景

如果讓你用一個詞來形容北宋，你會用哪個詞？

是的，按照我們對宋朝的一貫印象，它確實是個有點窩囊的朝代。

那麼，這是為什麼呢？這種印象到底對不對呢？對詩詞又有什麼影響呢？

下面，我們就用30倍速快轉，瞭解北宋風雲！

　　輝煌的大唐滅亡了之後，留下一個四分五裂的國家，一大群軍閥開始了大亂鬥，這個時代被稱為**五代十國**。

　　後來**北宋**橫空出世，終結了亂世，重新統一天下。

　　五代十國以來，內亂不斷，皇帝是個高危險職業，手下的武將動不動就篡權。

　　北宋開國皇帝**趙匡胤**就是靠篡權上位的，怎麼才能讓皇位穩固，是個讓他頭疼的事。

為了避免這種事再發生，北宋朝廷採用了一個新政策：

重文輕武。

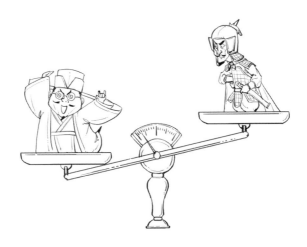

文官方面，宋朝設置了大量的官職，同時放開科舉對考生身分的限制，錄取更多的知識分子來做官。

武將方面，為了不讓武將有機會籠絡士兵，經常調動他們，同時刻意降低他們的社會地位。

總之，所謂的「重文輕武」政策概括下來就是：壓制武將，重用文官，削弱地方，強化中央，把權力盡可能收到皇帝和中央手裡，避免軍閥割據的出現。

　　於是，北宋的官特別多，兵也特別多，再加上巨額的對外賠款，因此開銷非常大，最終形成了這種局面：

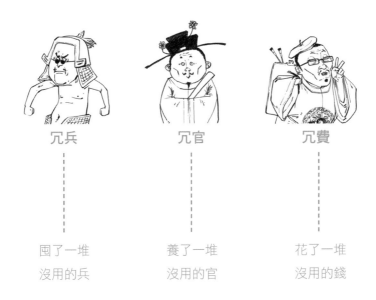

冗兵	冗官	冗費
囤了一堆 沒用的兵	養了一堆 沒用的官	花了一堆 沒用的錢

　　「三冗」問題幾乎伴隨著整個北宋時期，關於它是如何形成的，還有很多複雜的因素，我們就不一一詳述了。

對內重文輕武，對外就要吃虧。北方有個五大三粗的遼國天天盯著北宋，北宋初期跟遼國打了不少仗，但是勝少敗多。後來乾脆和談，花錢買平安。

說了這麼多有關重文輕武的東西，到底宋朝人重文輕武到什麼程度呢？

當時有人說過一句話：**狀元登第，雖將兵數十萬，恢復幽薊，凱歌勞還，獻捷太廟，其榮亦不及矣。**意思就是，當高考狀元，比收復國土都有面子。

於是，在各種因素的共同作用下，宋朝形成了重文輕武的社會風氣。這種社會風氣，又滋生出北宋的各種問題。

我們可以拿唐朝和宋朝做對比，如果說唐朝給人的感覺是朝氣蓬勃的男青年，那北宋給人的感覺就是文文弱弱的少女。

在這樣的社會風氣下，宋朝可以說是文人的天堂。大量的讀書人通過科舉做了官，積極參與國家的管理。

於是，詩作為主流文體，就承載了文人參政議政的意識。

所以，相對於唐詩而言，**宋詩**大體上更偏理性一點。那麼，文人們怎麼表達喜怒哀樂的小情緒呢？他們把這些情緒放到了相對非主流的詞裡。

指向閃亮的燈球！

關於當時詩和詞的狀態，我們可以打個比方：詩就好像是寫作文，更官方，更正經；詞就好像是寫日記，更個性，更隨便，也更私密一點。

同時，宋朝繁榮的城市經濟和豐富的娛樂生活，也推動了宋詞的發展。

在宋朝之前，城市採行**里坊制**，把全城劃分成一個個框框，市場和居民區是分開的；而且實行**宵禁制度**，晚上不能出來瞎晃悠。

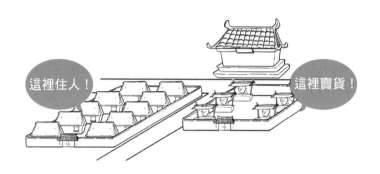

宋朝之後，隨著商業的發展，里坊制崩潰，不再畫框框了，市場和居民區混在一起；而且取消了宵禁，晚上可以出來浪了。

管得鬆了，玩的地方也就多了，宋朝的娛樂業發達了，出來吃吃喝喝、唱唱跳跳，成為人們的常規活動。於是，跟音樂緊密結合的宋詞快速發展和傳播開來。

而達官貴人也經常舉辦宴會。等到大家吃喝得差不多了，客人就會作詞應酬，所以有很多的詞都是宴會時寫出來的。

北宋時期，尤其是太平的中期，高官的待遇超級好。這幫人超級有錢，經常辦宴會，小日子過得多滋潤。但是官員間的貧富差距嚴重，低級官吏的待遇就不怎麼樣了。

宴會上，有一樣元素是不能少的，那就是：

歌伎！

　　宋朝的歌伎特別多，有官方的，也有私家的。辦宴會的時候，總少不了讓歌伎來唱個曲，伴個舞。而她們所唱的，就是詞。

詞這種文體，早期就是這個用場的。這些唇紅齒白的小丫頭唱的詞，一般都是婉約柔美的，所以風格豔麗的婉約詞出現得更早，也更多。

　　打個比方，我們現在去KTV唱歌，唱最多的也是柔美的愛情歌。

月上柳梢頭，
人約黃昏後。

　　而且歌伎會把好的詞記下來，即使詞人去世了，她們還會唱他的詞，這就有了傳承作用。

　　當然了，玩歸玩，正事還是要做。北宋一朝，內憂外患不斷，「三冗」問題導致國庫空虛。一撥文人就想搞變法，另一撥文人覺得搞變法不行，於是就形成了**革新派**和**保守派**，兩派之間**黨爭**不斷。

　　在**王安石變法**時期，這種黨爭尤其激烈，將眾多的大文豪都捲入其中。

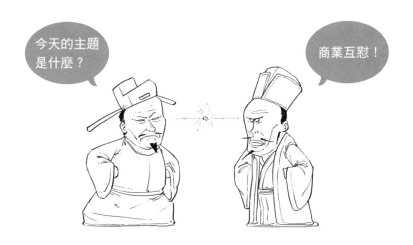

　　關於北宋的大背景，我們說得差不多了。那麼，北宋時期的大文豪們，都經歷過什麼，又寫出了哪些名作呢？

　　接下來，就一個一個地給大家講講。

'

五、雅俗共賞柳三變

說到宋詞，就不能不提柳永。他可是與蘇軾同時代稱霸詞壇的大文豪。

柳永，原名柳三變，家裡排行老七，江湖人稱柳七。

他的詞好到什麼程度呢？他曾經寫過一首詞叫〈望海潮‧東南形勝〉：

望海潮‧東南形勝

東南形勝[1]，三吳都會，錢塘自古繁華。煙柳畫橋，風簾翠幕，參差[2]十萬人家。雲樹[3]繞堤沙，怒濤卷霜雪，天塹無涯[4]。市列珠璣[5]，戶盈羅綺，競豪奢。

重湖[6]疊巘[7]清嘉[8]。有三秋[9]桂子，十里荷花。羌管弄[10]晴，菱[11]歌泛夜，嬉嬉釣叟蓮娃。千騎擁高牙[12]，乘醉聽簫鼓，吟賞煙霞。異日[13]圖[14]將[15]好景，歸去鳳池誇。

【注釋】

[1] 形勝：地理形勢優越。

[2] 參差：形容樓房高低不齊。

[3] 雲樹：茂密如雲的樹木。

[4] 無涯：沒有邊際。這裡指錢塘江。

[5] 珠璣：這裡泛指各種珠寶。

[6] 重湖：指白堤兩側的裡湖和外湖，所以也叫重湖。

[7] 疊巘（ー ㄢˇ）：層層疊疊的山峰。此指西湖周圍的山。巘：小山峰。

[8] 清嘉：美好。

[9] 三秋：秋季，亦指秋季第三月，即農曆九月。

[10] 弄：吹奏。

[11] 菱：菱角。

[12] 高牙：古代行軍在前引導的牙旗很高，被稱為高牙。

[13] 異日：指日後。

[14] 圖：描繪。

[15] 將：語氣助詞。

【翻譯】

　　（錢塘）地處東南，地勢優越，是三吳的都會，這裡自古以來就十分繁華。霧氣籠罩著的柳樹、雕飾華麗的橋梁，擋風的簾子、翠綠色的帳幕，樓閣房屋高高低低，大約有十萬戶人家。樹木茂盛如雲，環繞著錢塘江沙堤，憤怒的浪濤像捲起的霜雪沖過來，寬廣的江面一望無涯。市場上陳列著琳琅滿目的珠玉珍寶，家家戶戶都滿是綾羅綢緞，爭相比著奢華。

　　裡湖、外湖與重重疊疊的山嶺非常清秀美好。秋天桂花飄香，眼前十里荷花。晴天歡快地吹奏羌笛，夜晚划船採菱唱歌，釣魚的老翁、採蓮的姑娘都喜笑顏開。千名騎兵簇擁著巡察歸來的長官，在微醺中聽著簫鼓管弦，吟詩作詞，讚賞著美麗的湖光山色。他日把這美好的景致描繪出來，回到京城時向人們誇耀。

這首詞把杭州從裡到外結結實實地誇了一頓。

據說後來金國有個叫完顏亮的皇帝，聽到其中的**「有三秋桂子，十里荷花」**，十分激動，當即表示世界很大想去看看，於是動了攻打宋朝的心思。

雖然這個故事十有八九是虛構，但也說明了柳永的詞確實不錯，要不然怎麼會有人編出這樣的故事。

柳永當年還是各大青樓會所的VIP會員，為歌伎寫了不少詞，再加上他才華橫溢，怎麼看都是個風流不羈的浪子。

但實際上，柳永這一輩子過得挺鬱悶的。接下來，我們就來看看柳永的一生。

一、科舉之前，意氣風發

　　柳永出身書香門第，從小被灌輸的思想就是好好學習、天天向上，將來當大官、做大事。

　　柳永曾寫過一篇《勸學文》，裡面說：

> 　　學，則庶人之子為公卿；
> 　　不學，則公卿之子為庶人。

　　意思是說，好好學習，普通人家的孩子也能當大官；不好好學習，大官家的孩子也會變成普通老百姓。

這一時期的柳永是個乖小孩，就是「五講四美三熱愛」那種。❶

直到他來到京城，仿佛打開了新世界的大門。

---

❶ 編注：中國於 1980 年代推廣的禮貌教育活動

前面我們說過，宋代的經濟很發達，吃喝玩樂的地方非常多，不少人喜歡去青樓玩樂。既然是玩樂，就少不了聽聽曲子什麼的。

柳永就在這時候開始接觸市井之中的詞，他不光聽，而且還自己創作。

這是我心內的一首歌！

這時候的柳永還很年輕，寫的詞有很多是關於青樓的生活，也沒什麼深刻的思想，當時的文人並不看好他的詞。

時間過得很快，轉眼柳永就要參加科舉考試。面對人生中最重要的考試，柳永是相當有信心。

柳永曾經寫過一首詞，叫〈長壽樂〉，其中有這麼幾句：

便是仙禁春深，御爐香裊，臨軒親試。對天顏咫尺，定然魁甲登高第。待恁時、等著回來賀喜。

大概意思是說，就算皇帝親自當主考官，我也一定能夠拿第一！到那時候，你們就準備好來恭賀我吧！

但是，理想很豐滿，現實很骨感，命運給了柳永一個大大的耳光——

他**落榜了**。

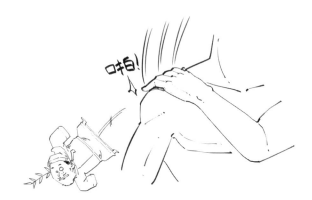

二、連連失敗，仕途無門

知道考試結果後，柳永有點蒙了，然後就像一個賭氣的小孩子一樣，寫了一首詞，其中有一句：

> 幸有意中人，堪尋訪。且恁偎紅倚翠，風流事，
> 平生暢。青春都一餉。忍把浮名，換了淺斟低唱。
>
> ——節選自〈鶴沖天〉

功名什麼的，
都是浮雲！

大概意思是說，青春短暫，和意中人過風流的生活才是平生快事，狠心把那些浮名換成手中淺淺的一杯酒和耳畔低回婉轉的歌聲。

柳永寫這首詞，不過是發發牢騷，但他沒想到，這首詞給他帶來了不小的麻煩。

後來有一次在放榜之前，柳永榜上有名。估計是柳永的詞太紅了，連皇帝都聽到了。當時皇帝想起他那句**「忍把浮名，換了淺斟低唱」**。

就問旁邊的人：

旁邊的人回答說：「是。」皇帝很不高興。

結果一票否決，柳永再次落榜。

被皇帝親自樹立成反面典型，柳永考科舉的難度一下變成地獄級。

這下柳永算是徹底玩完了，但他就像一隻鴨子，即使被烤得外焦裡嫩，他還是**嘴硬**。

不讓我中進士，而讓我去填詞？好，這可是你說的。從此柳永去青樓玩樂寫詞，就自稱是**奉旨填詞**。

雖然沒有考中進士，柳永卻在詞壇闖出了一番名堂。

當時，一個歌伎如果能和柳永合作，她的身價立馬上漲。

據說在歌伎圈，還有個口號廣泛流傳：

> 不願穿綾羅，願依柳七哥；
> 不願君王召，願得柳七叫；
> 不願千貫金，願中柳七心；
> 不願神仙見，願識柳七面。

柳永根本是歌伎圈的實力派偶像。

可粉絲再多，考不上進士依然是柳永心裡永遠的痛。由於多次科舉沒有結果，柳永便決定離開京城，去江南漫遊。在離開京城時，柳永寫了一首著名的詞，送給他的情人。

雨霖鈴．寒蟬淒切

寒蟬[1]淒切[2]，對長亭晚，驟雨[3]初歇。都門[4]帳飲[5]無緒[6]，留戀處、蘭舟催發。執手相看淚眼，竟無語凝噎[7]。念去去[8]，千里煙波，暮靄[9]沉沉[10]楚天闊。

多情自古傷離別，更那堪[11]，冷落清秋節！今宵[12]酒醒何處？楊柳岸，曉風殘月。此去經年[13]，應是良辰好景虛設。便縱[14]有千種風情，更與何人說？

【注釋】

[1]寒蟬：秋後的蟬。

[2]淒切：形容叫聲淒涼而急促。

[3]驟雨：暴雨。

[4]都門：國都的門，此處代指北宋首都汴京（今河南開封）。

[5]帳飲：在郊外設置帳篷餞行。

[6]無緒：沒有情緒。

[7]凝噎（一せ）：形容想說又說不出的樣子。

[8]去去：表示行程遙遠。

[9]暮靄：傍晚的雲霧。

[10]沉沉：深厚的樣子。

[11]更那堪：更不用說。

[12]今宵：今夜。

[13]經年：年復一年。

[14]縱：即使。

【翻譯】

　　秋後的蟬叫聲淒涼而急促，傍晚時分，面對著長亭，暴雨剛停，在京都郊外設帳餞行，卻沒有暢飲的心緒。正在依依不捨的時候，船上的人已催著出發。雙方握著手含淚對視，哽咽得說不出話來。想到這一去路途遙遠，千里煙波浩渺，傍晚的雲霧籠罩著南天，深厚廣闊，不知盡頭。

　　自古以來，多情的人總是為離別而傷感，更何況是在這冷清、淒涼的秋天！誰知我今夜酒醒時身在何處？怕是只有楊柳岸邊，面對淒冷的秋風和黎明的殘月了。這一去一年又一年長年相別，即使遇到美好的時辰、美好的風景，怕也形同虛設。即使有說不盡的相思之情，又再同誰去訴說呢？

　　這首詞主要描寫的是柳永和情人依依惜別的場景。這個詞牌也大有來頭，據說是唐玄宗在四川避難時，因為思念楊貴妃而作的曲子。

　　接下來的幾年，柳永基本上是在各處旅遊，不過，他馬上就要迎來人生的轉捩點。

三、科舉成功，升遷困難

　　在柳永51歲的時候，朝廷發生了一件大事：把持朝政的太后死了，皇帝宋仁宗終於親政了。

自己的事情
自己做！

　　估計剛親政的宋仁宗心情不錯，又是增加科舉考試的名額，又是加開恩科考試，對於那些考了好幾年沒中進士、年紀又大的，還有特殊照顧。

柳永聽說這個消息後，非常激動。

考了好幾年，歲數還要大，這不就是在說我嗎？

然後他就收拾東西麻溜地去參加了科舉考試，果然一舉考中進士。

開心！

從大齡待業青年變成國家公務員之後，柳永開始進入工作狀態，而且他的工作能力還挺不錯的，在多個地方做官都政績頗佳。

柳永曾經在餘杭當縣令，把這個地方管理得挺好，當地的縣志，還把他歸入了「名宦」行列中。

後來他又到一個鹽場當鹽監。大家印象中的柳永不過是個寫歌伎詞的，但是在這期間寫的一首詩中，柳永表現出了對底層人民生活的關心：

> 秤入官中得微直，一緡往往十緡償。
> 周而復始無休息，官租未了私租逼。
> 驅妻逐子課工程，雖作人形俱菜色。
> 鬻海之民何苦門，安得母富子不貧。
>
> ——節選自〈鬻海歌〉

鬻海，就是煮海水為鹽。這首詩的主旨是替鹽民說話。這幾句是說，把鹽賣給官家也賣不了幾個錢，但是借一串錢，卻要還十倍；官租沒還完，私租又來催逼，只好全家一起幹活，累得面有菜色，只能勉強辨認出人形。鹽民實在是太辛苦了，什麼時候他們才能讓家人過得富足？

　　柳永在鹽場的工作經歷，被《昌國州圖志》記錄下來，同樣把他歸入了「名宦」行列中。

　　按理說，像柳永這樣能力出眾、心懷百姓的好官員，仕途應該是一帆風順，隨時都能走上人生巔峰，但實際上，柳永的仕途走得並不是很順利。

那時候官員晉升需要進行考核，不過柳永參加工作沒多久，上司就看中了他，想破格舉薦他。

　　運氣不好的是，剛被舉薦就遭到一個言官彈劾，說這事不合規矩。結果，皇帝特意為這事下了道旨：以後不能舉薦還沒經過考核的官。

柳永只好慢慢地熬資歷了，更慘的是，後來即使有了升遷的資格，也還是有著重重困難。

我要一步一步往上爬！

怎麼回事呢？據說有一次柳永拍皇帝馬屁，寫了一首詞進獻。結果裡面有幾句皇帝不喜歡，拍馬屁拍到了馬腿上，這樣一來升遷就更困難了。

一直等到范仲淹「慶曆新政」，重新處理以前選拔官吏的卷宗時，柳永才得到機會申訴，當上著作佐郎。

最後，柳永做到了屯田員外郎，後人說的柳屯田就是這麼來的。

柳永71歲的時候，在潤州去世。估計他去世時身上沒剩下什麼錢，多虧了王安石的弟弟王安禮出錢，他才得以入土安葬。

總結，全是重點！

柳永在宋詞歷史上的地位是相當高的，他的具體貢獻主要有三個。

1. 發展冷門的慢詞

柳永當年既能填詞，也能譜曲子，是北宋詞圈的著名唱作人。

作為一個詞曲雙棲的創作者，他對詞有著自己的看法，這就是他對詞的貢獻之一：

讓慢詞發展起來！

　　按照宋朝人的分法，詞有兩個大類，一個叫**小令**，一個叫**慢詞**。

　　簡單來說，兩種體裁的區別在於音樂：

小令的音樂節奏比較快

慢詞的音樂節奏比較慢

　　在宋朝以前，基本上是小令一統天下，慢詞屬於冷門中的冷門，直到柳永開始大量地創作慢詞，慢詞才流行起來。

2. 講述老百姓自己的故事

在開篇的時候我們講過，詞起源於民間。文化人摻和進來之後，確實提高了詞的品位，但詞的題材基本上也就限制在文人生活的那一畝三分地裡。

文人寫的東西是給文人圈看的，而柳永寫的部分詞，是專門給老百姓看的。我們簡單舉個例子。

　　古人寫詞，免不了要寫女性，文人筆下的女主人公是這麼表達感情的：

> 昨夜西風凋碧樹，獨上高樓，望盡天涯路。
> 欲寄彩箋兼尺素，山長水闊知何處？
> ——節選自晏殊〈蝶戀花·檻菊愁煙蘭泣露〉

　　意思是說，昨天夜裡西風正盛，凋零了綠樹，我獨自登上高樓，看著消失在遠處的道路，想給心上人寄一封信，山高水長，又不知道寄往何處。

　　這首詞想表達的其實就是對愛人的思念，但它說得非常含蓄。同樣是表達對愛人的思念，柳永就不這麼寫：

> 早知恁麼，悔當初、不把雕鞍鎖。向雞窗、只
> 與蠻箋象管，拘束教吟課。鎮相隨，莫拋躲。針線
> 閒拈伴伊坐。和我，免使年少，光陰虛過。
>
> ——節選自〈定風波〉

　　這是一個情郎外出未歸、守在家中的女子的內心獨白。大概是說：早知道這樣，當初就該把你的馬鞍子鎖起來，這樣就能把你留下來，天天邊做針線活邊和你膩在一起，免得辜負了這大好青春。

　　這種直白的表達，文人不買帳，卻非常受老百姓的歡迎。再加上柳永喜歡在詞中用一些當時的流行語。就這樣，柳永的詞在當時火遍大江南北。

3. 寫文雅的詞一樣在行

寫老百姓喜聞樂見的市井生活，柳永自稱第二，沒人敢稱第一，但如果你以為柳永只會寫這種詞，那就錯了。

前面我們說過，詞這東西，有俗一點的，也有雅一點的，打個不太嚴謹的比方，就像我們平時聽音樂：

比較**俗**的詞簡單易懂，非常受老百姓歡迎，就像現在的流行歌曲；

比較**雅**的詞不太好懂，是文人的最愛，就像現在的古典音樂。

而柳永，寫比較文雅的詞也很在行。當年柳永經常出差，在途中會寫一些表達自己想法的詞，這些詞都比較文雅，比如這首〈八聲甘州〉：

八聲甘州・對瀟瀟暮雨灑江天

對瀟瀟[1]暮雨灑江天，一番洗清秋。漸霜風淒緊[2]，關河[3]冷落，殘照[4]當[5]樓。是處[6]紅衰翠減，苒苒[7]物華[8]休[9]。唯有長江水，無語東流。

不忍登高臨遠，望故鄉渺邈[10]，歸思難收。歎年來蹤跡，何事苦淹留[11]？想佳人，妝樓顒望[12]，誤幾回、天際[13]識歸舟。爭[14]知我，倚欄杆處，正恁[15]凝愁[16]！

【注釋】

[1] 瀟瀟：指風雨的聲音。

[2] 霜風淒緊：秋風淒涼緊迫。霜風，指秋風。

[3] 關河：指關塞與河流。

[4] 殘照：落日餘暉。

[5] 當：對。

[6] 是處：到處。

[7] 苒苒（ㄖㄢˇ）：同「荏苒」，形容時光消逝。

[8] 物華：美好的景物。

[9] 休：本義是完結，這裡是衰殘的意思。

[10]渺邈：遙遠的樣子。

[11]淹留：羈留，逗留。

[12]顒（ㄩㄥˊ）望：抬頭遠望。

[13]天際：指目力所能達到的極遠之處。

[14]爭：怎。

[15]恁（ㄖㄣˋ）：如此。

[16]凝愁：愁苦不堪。

【翻譯】

　　面對著瀟瀟暮雨從天空灑落在江面上，經過了一番雨洗的淒清的秋天，分外寒涼清朗。淒涼的秋風一陣緊似一陣，山河一片冷清蕭條，落日的餘暉映照在高樓上。到處紅花凋零翠葉枯落，一切美好的景物漸漸地衰殘。只有那滔滔的長江水，不聲不響地向東流淌。

　　不忍心登高遙看遠方，眺望渺茫遙遠的故鄉，渴求回家與家人團聚的心思難以收攏。歎息這些年來的行蹤，為什麼苦苦地長期羈留在異鄉？想起心中的那個佳人，正在高樓上抬頭遠望，多少次錯把遠處駛來的船當作心上人回家的船。她哪會知道我，倚著欄杆，也如此愁苦不堪。

這首詞主要表達柳永羈旅在外思念家鄉的思想感情。

唐五代寫離別相思的詞，景色離不開亭臺樓閣，情感大都要借女子口吻說出。而柳永卻直接說出了他的感慨，同時描寫了秋天蕭瑟的景象，景中有情，情中有景，氣象開闊博大。

　　宋朝的大文豪蘇東坡，對這首詞給予了很高的評價：

不減唐人高處。

　　要知道，宋朝人非常崇拜唐朝人的詩，堪比唐詩的一流作品，這可不是誰都能寫出來的。

柳永是一代偉大的詞人，可以說，他對宋詞進行了全面的革新。

他讓慢詞迎來了春天，並在市井之詞和文人之詞兩方面都獲得卓越的成就，這使得他的詞在整個宋朝都具有很大的影響力。

如今，我們能從後人的一句評價，看出柳永詞當年的輝煌：

凡有井水飲處，即能歌柳詞。

六、「花間詞」的繼承與發展
——人生贏家晏殊

話說在詩詞界，一直有一個說法：

文人

詩歌工整、漂亮。

詞窮而後工

不光是沒錢，還包括各種
讓人難以跨越的困境。

這句話的意思就是說，文人只有
受苦受難後才有可能寫出好詩好詞。

而縱觀整個詩詞史，簡直就是一場**花式比慘大會**。

但是在一眾「賣慘」詞人中，依然有一股清流。他就是我們這一章的主角：

人生贏家 · 晏殊

晏殊的成功和兩個因素是分不開的：

成績好 ＆ 命好

用一句話概括就是：

天時、
地利、
人和！

一、做官？我是優秀的

首先，晏殊的命好表現在他生活的時代。

話說北宋自開國以來，在幾位皇帝的努力之下，內外都很安定，逐漸發展成**文人天堂**。

領銜主演：歐陽修 蘇軾 王安石 晏殊

晏殊就是在這樣一個和平穩定的年代蹦躂。

同時他還有別人所沒有的**聰明大腦**，是官方認證的神童，宋朝版「鄰居家的孩子」。

那他到底有多厲害？

傳說他

5歲能寫詩，　　　7歲能作文，　　14歲參加科舉。

　　晏殊14歲就被推薦到中央，接受了**宋真宗**的最終面試，並毫無懸念地考中。至此，晏殊拿到了朝廷的官方認證，開始上班、打卡、當官。

　　你以為晏殊從此就要登上人生巔峰了？

那你就猜對了！

無論朝廷鬧出多大動靜，都無法阻擋晏殊開掛的人生，他從小官做起，一路做到了**宰相**。

所以，全劇終。

好吧好吧，那我們來繼續爆點晏殊的料。

二、搞教育？我是認真的

晏殊的成功不只在官場上，他在**教育事業**上也有巨大成就。

宋朝之前的五代十國是個亂世，大老們都專注在造反打架。等到大宋好不容易統一了天下，各地長官卻忙著搞經濟。至於教育，沒那麼著急，自然也就沒有人上心，變得一片凋零了。

晏殊在應天府（河南商丘）做一把手的時候，不走尋常路，大搞教育事業，投資應天府書院，還請自己的學生**范仲淹**做客座教授。

得到大力支持的**應天府書院**，是北宋初期四大書院之一。這裡也成為北宋初期的「人才儲備基地」。

晏殊當上宰相後，依然不忘初心，和學生范仲淹一起極力支持教育事業。

宋朝的教育事業從晏殊做宰相開始，逐漸蓬勃發展。後來**范仲淹**也當了宰相，開始對教育業進行改革。兩人逐漸把宋朝教育的發展推向了一個小高潮。

因為這段故事發生在宋仁宗慶曆年間，後來大家就把這一次對教育的改革叫作：

三、寫詞？我是專業的

除了搞政績，那時候寫詩詞也是當官的生活日常。之前我們說過，詩詞界講究「詞窮而後工」，就是文人只有遭遇不幸後，才能寫出好詩詞。

比如大家都知道的蘇軾，因為**烏台詩案**被貶黃州，連出去踏個青，天公都不作美。

再比如杜甫，因戰爭而流浪西南，又窮又苦還沒房子住，蓋了間茅屋竟被大風刮散了茅草屋頂，茅草還被人搶走了。

安得廣廈千萬間，大庇天下寒士俱歡顏！

上面這些流傳千古的名句，都是在作者困苦時寫出來的。

而晏殊呢？

他既有權又有錢，也沒有被貶到鳥不拉屎的邊遠地區。他的詞，注定和大部分詞人不一樣。

是我是我還是我，
氣得你們都上火。

晏殊的詞集名叫

《珠玉集》

顧名思義，如珠如玉，就是說他的詞**既好看，讀起來又舒服**。

《珠玉集》裡絕大多數的詞，都是晏殊在請人吃飯、特別高興的時候寫的。

下面我們就來看一看這首晏殊的代表作〈浣溪沙‧一曲新詞酒一杯〉。

浣溪沙‧一曲新詞酒一杯

一曲[1]新詞[2]酒一杯，去年天氣舊亭臺[3]。夕陽西下幾時回？無可奈何[4]花落去，似曾相識[5]燕歸來。小園香徑[6]獨徘徊[7]。

【注釋】

[1]一曲：一首。

[2]新詞：指剛填好的詞，這裡的意思是新歌。

[3]舊亭臺：曾經到過的亭臺樓閣。

[4]無可奈何：沒有辦法。

[5]似曾相識：似乎曾經認識。這裡形容見過的事物再度出現。

[6]香徑：花草芳香的小徑。

[7]徘徊：來回走。

【翻譯】

賞著一支新曲喝著一杯美酒，還是與去年相同的天氣，還是舊日熟悉的亭臺，只是西下的夕陽何時才能回來？

落花時節花兒總是讓人無可奈何地凋落，似曾相識的小燕子又歸來了，（只有我）獨自在花香小徑裡徘徊。

　　這首詞裡下落的夕陽、逝去不再回的今日和無可奈何的落花，都讓晏殊感到春天的易逝和世事的無常。

這種感慨叫作傷春，就是感嘆春天的易逝。而它，是詞人最愛炒的一個熱點。

但晏殊真的是眾詞人中的一股清流。

他在感慨了春天的易逝和世事的無常之後，巧妙地接了一句「似曾相識燕歸來」。讀起來雖然有一絲傷感，但是也有理性的思考。

國學大師葉嘉瑩老師說過：「『小園香徑獨徘徊』當然有孤獨寂寞的悵惘哀傷……但在表現生命無常的同時看到了一種永恆的迴圈。」

四、炫富？我是特別的

晏殊一生特別順，不僅生活在和平年代，而且有錢又有閒。所以後人給了他一個評價：

太平宰相富貴詞。

晏殊這輩子沒什大愛好，就喜歡**請人吃飯**。為何要請人吃飯呢？那當然是為了

炫富！

而且晏殊這個人，和一般富人不同，他炫富炫出了新境界。

　　據說有個叫李慶孫的人，他中探花後寫了一首〈富貴曲〉，裡面有兩句：**軸裝曲譜金書字，樹記花名玉篆牌。**

結果，晏殊看完後，

他評價這首詩是沒見過世面的乞兒作的。這個評價可謂是相當不客氣。那在他眼裡什麼才叫有錢？

呵，膚淺！

樓臺側畔楊花過，
簾幕中間燕子飛。

　　這句詩沒有半個字提到錢，但樓是別墅，環境還好到有花有燕子，一看就是有錢人家才買得起的豪宅。潛臺詞就是，我家是這樣的：

晏殊這一個顯擺，必須給滿分。

賊有排面！

我們可以看到，晏殊哪怕是在炫富，筆觸和對外界景物的感受也是非常細膩的。這是繼承自五代時期花間詞派的風格。

以前的花間詞大多是寫女孩們糾結的小心思，就像上課時私下傳來傳去的表白小紙條。

晏殊的詞則全面提升了格調，很少糾結於纏纏綿綿的兒女情長。這便是晏殊與以往花間詞人最大的不同。

葉嘉瑩老師說過：「晏殊詞中是既有詩人的感發，又有理性的反省節制，而且還隱然有一種處理安排的辦法。」

晏殊這一生放在電影裡就是文藝片，平平淡淡很是真，沒什麼跌宕起伏驚心動魄。

在他之後的詞人可就沒有這樣的好運了。

七、一世文宗歐陽修

前面我們說到了人生贏家晏殊。話說，在主持科舉考試的第一年，「壞心眼」的晏殊出了一道訊息不足、有歧義的題目。他希望在考試中有考生能發現這個問題。

挖個坑，埋點土，
考生都在坑裡苦。

有一個小機靈鬼不負晏殊的期望，看出了考試題目中的問題，沒有跳進坑裡。於是，他得了第一名。

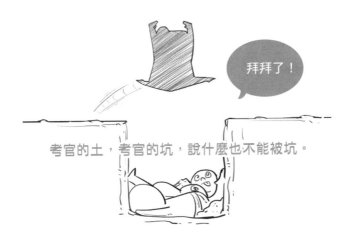

拜拜了！

考官的土，考官的坑，說什麼也不能被坑。

而這個小夥子，就是我們這一章的主角——

歐陽修

　　歐陽修究竟是一個什麼樣的人呢？平鋪直敘太過無聊，我為大家做了款遊戲。讓我們一起來打怪升級，爭取順利通關，目標就是得到稱號：**一世文宗·歐陽修**。

初級任務：獲得功名

　　歐陽修幼時家貧，沒錢買書，常常去當地有錢的讀書人家裡借書抄錄。

　　《昌黎先生文集》是唐代大文學家韓愈的文集。**韓愈**與**柳宗元**一起宣導了唐代的**古文運動**。韓愈本人是**唐宋八大家之首**。他樸實而內涵深刻的文風對歐陽修產生了極大的影響。

　　貧困並沒有阻擋歐陽修學習的步伐。他勤學苦讀，在17歲那年，第一次離開家鄉，去接受科舉考試的檢驗。

　　但當時流行寫華而不實的駢文，科舉考試基本上也是以駢文為主。歐陽修因為偏愛自由表達的散文，頭兩次科舉都沒能考中。

駢文是用四字句和六字句組成的文章，兩兩相對，講究平仄和辭藻修辭的運用。因為駢文極其強調格式，所以往往會忽視文章內涵的表達。

經歷了前兩次的挫折，聰明的歐陽修很快學會了變通，終於在第三次科舉中所向披靡，最終金榜題名。

中級任務：協助改革

當了官的歐陽修第一份工作是在洛陽。當時，大老闆宋仁宗正在重用改革派的大老**范仲淹**，企圖對已經烏糟糟的大宋朝堂動動刀子。

范仲淹因改革觸動了保守派的利益，遭到瘋狂彈劾。

范仲淹被貶饒州，歐陽修為其仗義執言。在此過程中對上了一個落井下石的小人**高若訥**。歐陽修寫了一封公開信和高若訥對罵。

這封公開信就是非常有名的《與高司諫書》。全文慷慨激昂且有理有據，把高若訥說成了一個偽君子。

　　高若訥氣得頭頂冒煙，決定使出絕招——告狀。於是歐陽修被貶去了**夷陵**。

但大老闆**宋仁宗**改革的決心實在是非常堅定，幾年之後，歐陽修收到詔命，重新回到了京城。

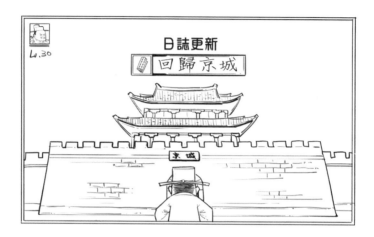

這時范仲淹早已回到京城，開始大力推行新政。歐陽修此時作為諫官，充分利用了自己職務的優勢，隨時隨地為新政搖旗吶喊，在第一線戰鬥。

所謂「槍打出頭鳥」，太過積極的歐陽修被政敵們盯上，遭到惡意抹黑。

而且因為歐陽修太出跳，幾乎拉滿了仇恨值，最終被政敵潑了滿身的髒水，被貶去滁州。

高級任務：改變文壇風氣

這次離開京城的時間比上一次長了許多。歐陽修在外地過了近十年天高皇帝遠的日子後，大老闆宋仁宗再次召喚他。

當時朝廷正在花大力氣改革吏治，其中最重要的就是改革選拔官員的科舉考試。

51歲那年，歐陽修接到了一個大活兒。

當時文壇的風氣並不好，文章不是辭藻華麗、強行押韻，就是用詞生澀。這樣的東西要麼是假話、空話，要麼不說人話。

這一次，歐陽修終於能出一口惡氣，來「報復」讓他兩次落榜的駢文。科舉主考這個職位，給了他扭轉文風的機會。

　　歐陽修作為韓愈的忠實粉絲，一向堅持韓愈那種樸實卻內涵深刻的文風。歐陽修曾經說過，做文章要「**言之有物，平易自然**」。

因為歐陽修刷掉了太多寫空洞文章的考生，導致眾多考生的不滿，考生甚至透過詛咒、辱罵歐陽修來洩憤。

　　但歐陽修不為所動，依然堅持科舉最重要的就是選拔實幹人才。從這以後，大宋的科舉考試注重**策論**，文章的考查標準也開始轉向是否言之有物。

　　在歐陽修主持的科舉考試中被錄取的官員，有後來的政壇領袖，也有之後的大文學家。這其中還有一個有趣的支線小故事。

在一次閱卷中，歐陽修發現了一篇好文章。他非常自信地認為，這文章應該是他自己的學生曾鞏寫的。為了不被人說偏袒自己學生，他點了那份試卷為第二名。

但沒想到這個陰差陽錯當了老二的，是當時初出茅廬的大文豪**蘇軾**。

蘇軾和**曾鞏**在文學史上也擁有非常重要的地位，兩人與他們的老師**歐陽修**、老師的偶像**韓愈**，同在**唐宋八大家**之列。

就這樣，歐陽修透過科舉逐漸改變了文壇風氣，他的主張還影響了宋以後文章的創作潮流。

而歐陽修因為自己在文學上的卓越成就，以及他對後世文壇的影響，被後人尊稱為：

一世文宗！

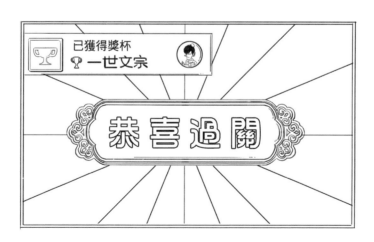

番外故事：退休生活樂趣多

歐陽修一直都是一個堅定的革新派，但是隨著改革變法的推行，阻力越來越大。

阻力過大的結果就是遭遇強烈的反彈，於是歐陽修再次遭受了「全網黑」❶，這次黑的，還是文人最在乎的名聲。

---

❶ 編注：全網黑即網路上各大論壇與文章都在抹黑。

　　雖然皇帝沒信，還把造謠的人踹出京城，但這事深深傷害了歐陽修的小心臟。他開始賴在家裡不上班，反復寫信說要提前退休。

　　皇帝被煩得沒有辦法，最終同意他提前退休。退休後的歐陽修選擇了回到潁州，因為他非常喜歡潁州的山水。之後，他便在潁州西湖邊開始了愜意的養老生活。

養老第一步，他給自己取了個雅號——**六一居士**。

所以「六一」是哪六個一呢？

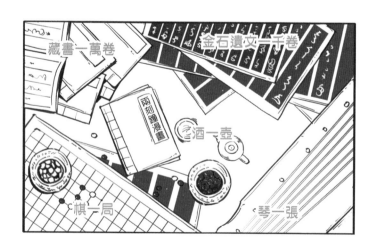

在潁州享受了一年閒適的退休生活後，66歲的歐陽修安詳地離開了人世。

他去世的消息傳回京城，許多人紛紛寫文哀悼他。連皇帝都為之悲痛，甚至為此放了一天假。

因為去世而引發舉國放假的人並不多，這足見歐陽修在當時大宋文壇的地位之崇高。

文學成就：千古醉翁亭

歐陽修有著很高的文學成就，他本人也位列唐宋八大家。現在我們就來看看他的詞和散文。

歐陽修在潁州期間寫了13首〈**采桑子**〉，其中有10首都是寫潁州西湖景色的。

這10首詞有一個共同點，就是首句句末三個字都是「西湖好」。下面我們來看其中一首。

采桑子 · 輕舟短棹西湖好

輕舟短棹[1]西湖[2]好，綠水逶迤[3]。芳草長堤，隱隱笙歌[4]處處隨。無風水面琉璃[5]滑，不覺船移。微動漣漪[6]，驚起沙禽[7]掠岸飛。

【注釋】

[1]短棹（ㄓㄠˋ）：棹，船槳。短棹，就是划船用的小槳。

[2]西湖：指安徽省阜陽市西北的潁州西湖。

[3]逶迤（ㄨㄟ ㄧˊ）：蜿蜒曲折。

[4]笙歌：泛指奏樂唱歌。

[5]琉璃：一種覆在盆、缸、磚瓦等的外層上的釉料，這裡比喻水面平靜澄碧。

[6]漣漪（ㄌㄧㄢˊ ㄧ）：形容風吹水面泛起的波紋。

[7]沙禽：沙洲或沙灘上的水鳥。

【翻譯】

西湖風光真美好，駕著小舟划著短槳多麼美妙。碧綠的湖水蜿蜒不斷。長堤上芳草青青，微風中隱隱傳來柔美的笙歌聲，隨著船兒在湖上漂蕩。

無風的水面，光滑得好似琉璃一樣，連小船移動都感覺不到。但見微風吹動下波紋蕩漾，那被船兒驚起的水鳥，正掠過湖岸在天空飛翔。

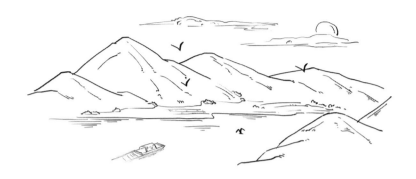

　　這首詞並不難理解，描繪了歐陽修泛舟湖上，耳邊傳來陣陣笙歌，小船划過，驚起一灘鷗鷺。整個畫面就像一幅畫家筆下的美麗圖景。

　　歐陽修成就最高的自然是**散文**。接下來我們就來看看他散文的代表作〈**醉翁亭記**〉。

這篇散文是歐陽修被貶官到滁州的時候寫的。之前說過，這次被貶是因為他被政敵潑了髒水。想來無論如何，歐陽修的心情都不會太好。那麼，這篇文章是否會充滿了被貶的消沉氣息呢？

〈醉翁亭記〉第一段：

> 環滁皆山也。其西南諸峰，林壑尤美，望之蔚然而深秀者，琅琊也。山行六七里，漸聞水聲潺潺而瀉出於兩峰之間者，釀泉也。峰回路轉，有亭翼然臨於泉上者，醉翁亭也。作亭者誰？山之僧智僊也。名之者誰？太守自謂也。太守與客來飲於此，飲少輒醉，而年又最高，故自號曰醉翁也。醉翁之意不在酒，在乎山水之間也。山水之樂，得之心而寓之酒也。

文章開頭從「環滁皆山」一直寫到醉翁亭，讀者讀來仿佛跟著歐陽修一步一步踏入山中。周遭景色由大而小、由遠及近的映入了眼簾。一幅美景透過移步換景的手法呈現在你眼前。

　　開頭一段，足可看出歐陽修散文語言的精練。據說文章的初稿，光講滁州四面之山就用了幾十個字。而最終的定稿，就只剩「環滁皆山也」五個字了。

　　歐陽修的偶像**韓愈**推行古文運動時曾主張，做文章要**「務去陳言」**，就是堅決不說廢話。歐陽修作為韓愈的死忠粉絲，將這一主張在自己的文章中很好地實踐了。

〈醉翁亭記〉二、三段：

　　若夫日出而林霏開，雲歸而巖穴暝，晦明變化者，山間之朝暮也。野芳發而幽香，佳木秀而繁陰，風霜高潔，水落而石出者，山間之四時也。朝而往，暮而歸，四時之景不同，而樂亦無窮也。

　　至於負者歌於途，行者休於樹，前者呼，後者應，傴僂提攜，往來而不絕者，滁人遊也。臨谿而漁，谿深而魚肥。釀泉為酒，泉香而酒洌；山肴野蔌，雜然而前陳者，太守宴也。宴酣之樂，非絲非竹，射者中，弈者勝，觥籌交錯，起坐而諠譁者，眾賓歡也。蒼顏白髮，頹然乎其間者，太守醉也。

　　第二段描寫的是山間朝暮和四時的景色。有光影的對比、動靜的結合，就像是一幅山水畫，美麗而充滿樂趣。

　　緊接著的第三段描繪了滁州百姓在山間呼朋喚友、悠閒自在的遊玩之景。山美、人更美，但最美的還是人與自然的和諧之景。

大家讀這兩段文字，有沒有覺得朗朗上口？沒錯，這兩段用的就是駢文寫法。其實歐陽修反對的並不是駢文本身，他認為**無論駢散，都是合乎自然之美的。**

歐陽修反對的是駢文家過分強調格式，而忽略了文章的內涵表達。所以他的文章重內涵，不強調某種固定的格式。**駢散結合**，正是這篇〈醉翁亭記〉最大的特色。

〈醉翁亭記〉最後一段：

　　已而夕陽在山，人影散亂，太守歸而賓客從也。樹林陰翳，鳴聲上下，遊人去而禽鳥樂也。然而禽鳥知山林之樂，而不知人之樂；人知從太守遊而樂，而不知太守之樂其樂也。醉能同其樂，醒能述以文者，太守也。太守謂誰？廬陵歐陽修也。

　　最後一段記敘的自然是傍晚眾人歸家的情景。這一段文字始終圍繞著一個「樂」字。禽鳥樂，遊人樂，歐陽修自然也是十分快樂的。而這個「樂」字，正是全篇感情的中心。

看到這裡明白了嗎？是什麼讓歐陽修沉醉，成了一個醉老頭呢？除了美酒，還有山水美景和與民同樂的閒適。這篇文章不僅不悲，還充滿了各種樂趣。

此外，無論因何而醉，醉了，不就可以忘卻被貶謫的苦悶和憂愁了嗎？

我顛顛又倒倒　好比浪濤

有萬種的委屈　付之一笑

〈醉翁亭記〉全文的中心句是「醉翁之意不在酒，在乎山水之間也」。而這個「醉翁之意」，既是沉醉於山水之間的美景和與民同樂的閒適，也有對遭遇貶謫的苦悶的排遣。

八、心憂天下范仲淹

范仲淹，是所有文人的楷模。他有句名言，大家肯定都聽過：

先天下之憂而憂，

後天下之樂而樂。

　　敢於說出「吃苦在前，享樂在後」這種話的人，不多；說了又能真正做到的，那就更少了。

　　下面，就讓我們走進范仲淹的一生，看看他是如何心憂天下。

走吧！

一、人窮志不短

范仲淹兩歲的時候，老爸就去世了，於是媽媽只能帶著他改嫁。之後的日子雖然過得緊巴巴，但是這並沒有妨礙他刻苦讀書。

據說他年少的時候，每天晚上煮一鍋粥，第二天早上起來粥涼透了，結成整塊，他就把它切成四塊，早晚各吃兩塊；配的菜，就是各種搗碎的醃菜。

這就是**畫粥斷虀（ㄐㄧ）**的典故，「虀」就是切碎了的醃菜，這個成語形容生活特別清苦。

　　長大之後，范仲淹跑到**應天府**求學。應天府是宋太祖趙匡胤發跡的地方，應天府書院是頂級學府，范仲淹努力讀書，立志要幹一番大事業。

　　有一次，宋真宗本人大駕光臨，同學們都跑出去看皇帝，只有范仲淹一動不動，繼續看書。同學就問他：「皇上來了，你不去瞅瞅？」范仲淹微微一笑，說：

　　言外之意就是，我以後是要當大官的，到時候天天都能見皇上。

　　這個牛還真不是白吹的，范仲淹在26歲的時候，就考中了進士，從此步入仕途。

二、起起伏伏的職場生涯

這一時期，范仲淹紮根基層，什麼活都幹過：負責過治安，管理過鹽倉，興建過水利。不管做什麼，他都盡職盡責。

後來范仲淹的老母親去世，他回家丁憂守孝。守孝期間，**晏殊**請他去**應天府書院**當老師。

范仲淹以身作則，治學嚴謹，還鼓勵學生討論時事，整個書院的治學風氣煥然一新。

　　後來范仲淹的名氣越來越大，被舉薦到了中央，從此進入政治中心。這一時期發生的事，很能表現范仲淹的性格，那就是

比如說，范仲淹剛到京城，就面臨一個挺棘手的問題：

情況是這樣的，宋仁宗即位的時候還年幼，朝政由皇太后劉氏掌握。可是等宋仁宗成年了，皇太后依然沒有交權的意思，而且她並不是宋仁宗的生母，兩人的關係就很微妙。一般沒人敢提讓皇太后交權的事，就怕惹禍上身。

可是正直的范仲淹不管這些，找了個機會，就直接上書懟皇太后。

這可把晏殊給嚇壞了，萬一皇太后追究起來，他這個推薦人也得跟著倒楣。

於是晏殊就把范仲淹找來，進行了一番思想政治教育。可是，他卻被范仲淹給「反殺」了。

畢竟得罪了太后，范仲淹覺得自己在京城待不下去，乾脆申請外調，又去當地方官了。後來皇太后去世，宋仁宗親政，這才把范仲淹召了回來。

　　宋仁宗秋後算帳，把一批當年支持皇太后的大臣全都貶出京城。於是在當時的朝廷裡面，形成了一股「**批太后，拍皇上馬屁**」的風氣。

雖然范仲淹當年是因為得罪皇太后而被貶，但是他覺得，不管怎麼說，皇太后當年還是有維護宋仁宗，沒有功勞也有苦勞，沒有苦勞也有疲勞，不能任由這些牆頭草抹黑，必須剎住這股歪風邪氣。

宋仁宗認為范仲淹說得有道理，於是就下令，禁止再議論皇太后，朝政重新平穩了下來。

從這件事上，我們就能看出范仲淹大公無私的氣度。

　　這種大公無私的性格，是把雙刃劍：一方面，很容易得罪人，導致自己被排擠；另一方面，大家又知道他其實沒有私心，所以不會把他往死裡整。

　　於是此後的一段時間，范仲淹的日子是這樣過的：

雖然職場不順，但是范仲淹依舊保持著憂國憂民之心，我們來看他這時期寫的一首詩：

江上漁者[1]

江上往來人，但[2]愛鱸魚美。
君[3]看一葉舟[4]，出沒[5]風波裡。

【注釋】

[1]漁者：捕魚的人。

[2]但：只。

[3]君：你。

[4]一葉舟：像漂浮在水面的一片樹葉似的小船。

[5]出沒：指一會兒看得見，一會兒看不見。

【翻譯】

　　江上來來往往的人，只喜愛鱸魚鮮美的味道。（所以）你看那一葉小小的漁船，時隱時現地出沒在滔滔風浪裡。

　　這首詩的意思是，大家只知道鱸魚的味道鮮美，但是誰又知道打魚人的辛苦呢？

　　如果日子就這麼過下去，范仲淹這輩子頂多就是個正直的大臣，走不到政治舞臺的中心。但是，是金子總會發光的，這個機會很快就來了。

三、叫我小范老子

北宋這個朝代，外戰外行，人見人欺，一個遼國就夠它受的了，可是這還沒完，大西北邊疆，又冒出一個小BOSS：

西夏不斷進攻北宋的西北邊境，北宋軍隊的戰鬥力實在是一言難盡，結果被暴打一頓。

這可怎辦呢？得有人去處理這個事啊，宋仁宗想來想去，就想到了范仲淹。

北宋一向有文官帶兵的傳統，但一般的文官根本幹不好這個活。可范仲淹不一樣，他整頓軍務，提拔人才，很快就讓邊防軍的面貌煥然一新——名將**狄青**就是他提拔起來的。

據説狄青每次打仗，都要戴著猙獰的面具，從氣勢上先壓倒對手。

　　針對局勢，范仲淹主張積極防禦，構建鏈式防守，以防守反擊，儘量不出動，沒事偷打他一下就行，慢慢打。

西夏人在范仲淹身上討不到什麼便宜，就管他叫**小范老子**，說他肚子裡有將兵數萬，不好惹。

你過來啊！

范仲淹在西北的這段時間，提高了北宋軍隊的戰鬥力，為北宋積蓄了實力。雖然朝廷也因為冒進而慘敗過，但是范仲淹按照自己的防禦策略，基本上和西夏保持了均勢狀態。

在駐守邊疆的這段時期，范仲淹寫了一首特別有名的詞，這就是

漁家傲·秋思

塞[1]下秋來風景異，衡陽雁去[2]無留意。四面邊聲[3]連角起，千嶂[4]裡，長煙落日孤城閉。
濁酒一杯家萬里，燕然未勒[5]歸無計。羌管[6]悠悠[7]霜滿地，人不寐[8]，將軍白髮征夫淚。

【注釋】

[1]塞：邊疆要塞，這裡指的是西北邊疆。

[2]衡陽雁去：傳說中，每到秋天北雁南飛，到湖南衡陽的回雁峰後停止。

[3]邊聲：指邊塞特有的聲音，如風、號角、羌笛、馬嘯等聲音。

[4]千嶂：綿延而高峻的山峰。

[5]燕然未勒：指戰事沒有平息，功名沒有建立。

[6]羌管：即羌笛。

[7]悠悠：形容聲音飄忽不定。

[8]寐：睡。不寐就是睡不著。

【翻譯】

秋天到了，西北邊塞的風光和其他地方很不同。大雁又飛回了衡陽，一點也沒有停留之意。黃昏時分，號角吹起，邊塞特有的風聲、馬嘯聲、羌笛聲和著號角聲從四面八方迴響。連綿起伏的群山裡，夕陽西下，長煙升起，孤零零的邊城城門緊閉。

飲一杯濁酒，不由得讓人想起萬里之遙的親人，眼下戰事未平，功名未立，歸期遙遙。悠悠的羌笛之聲從遠方傳來，寒霜滿地。夜深了，在外征戰的人還是難以入睡，將軍已是滿頭白髮，士兵流著思鄉的淚。

　　范仲淹的這首邊塞詞，充滿了悲涼肅殺之氣，描寫了邊塞將士的勞苦。這看似淒慘的描寫，正呈現出北宋艱難的軍事形勢，並不只是簡單地抒發個人情感，更是這首邊塞詞不同於其他邊塞詩的地方。**另外，它開了豪放詞的先河。**

　　後來宋夏雙方都打不動了，就暫時議和。范仲淹有大功於國家，被重新召回京城，委以重任。

　　這一次回京，范仲淹覺得國家這麼下去可不行，必須改革。於是，他決定搞一票大的。

四、慶曆新政

當時的北宋，看似籠罩在盛世的光環下，但實際上已經陷入了內憂外患之中：西夏和遼國虎視眈眈，內部農民起義不斷，國家形勢越來越差。

范仲淹建議宋仁宗推行改革，宋仁宗也覺得該變一變。於是范仲淹掀起了一場改革運動，因為當時的年號是慶曆，所以這場改革被稱為**慶曆新政**。

　　范仲淹為了變法，提出了一系列的計畫，其中最主要的就是整頓官員。

　　在北宋，官員只要不犯錯，混夠了年限，就能升官，所以有很多混吃等死型的冗官：

怎麼還不退休啊？

而且北宋還有個蔭補制度。六品以上的官員，可以推薦兒子孫子做官。靠家庭關係當官的越來越多，這些人能靠譜嗎？

要想把國家治理好，就得有靠譜的官吏，所以范仲淹就決心整頓官員，把那些不合格的全都淘汰掉，對於蔭補法，也要加以限制。

總之就是一句話：**誰有本事誰上**。混子曰：混日子，是不行的！

　　可是這樣一來，就得罪了從上到下的一大群人。於是，他們為了把范仲淹搞下去，打各種小報告；而且宋仁宗對變法的態度，其實也不是那麼堅定。久而久之，范仲淹的相位就不穩了。

范仲淹深感改革的阻力太大，心太累，覺得很難繼續推進了，於是申請外調。改革派的參與者，比如富弼、韓琦、歐陽修等人，都相繼被貶出京，新法的各項措施也被廢除，慶曆新政徹底失敗。

離開了朝廷鬥爭的漩渦，范仲淹的歲數也大了，他決定安心當他的地方官，造福一方百姓。沒過多久，他就去世了，享年64歲。

總結

中華上下五千年，

寒窗苦讀，出人頭地的，這樣的人不少；

公正無私，一心為民的，這樣的人不少；

文能安邦，武能定國的，這樣的人不少；

不顧個人，厲行變法的，這樣的人不少；

……

　　而能將以上所有優點集於一身的人，恐怕並不多，而范仲淹就是其中一個。而且你從他的身上，幾乎挑不出任何汙點。

最後，我們來呼應一下文章開頭的那句名言。范仲淹有個朋友叫**滕子京**，兩人當年一塊在西北摸爬滾打。慶曆新政失敗後，這位老哥也被貶，他重修了岳陽樓，請范仲淹來寫篇文章。

古人修樓，特別喜歡找人幫忙寫點什麼：文人們去玩的時候，也喜歡謳歌一番，很多名樓都是因為名篇而紅起來。考考你，你還知道哪些名樓和名篇呢？

　　於是老范大筆一揮，洋洋灑灑地寫下了名（背）垂（誦）千
（默）古（寫）的〈岳陽樓記〉（見附錄）。

　　先天下之憂而憂，後天下之樂而樂。

　　范仲淹為自己的人生，做出了最好的注解。

　　關於范仲淹，我們就講到這裡。他的改革失敗了，沒能挽救
北宋的頹勢，但是，一場規模更大的改革就要來了。一個備受爭
議的人物，即將接過范仲淹的火炬，引發一場大地震。

九、一代文豪＆變法
宰相王安石

　　這一章我們要講的是北宋歷史上的一位重要人物。關於他的爭議，持續了1000年；關於他的評價，兩極分化。他就是王安石，一個永遠與變法同在的男人。

看我七十二變，
無所謂管他缺不缺陷

　　下面，就讓我們一同走進王安石的人生。

一、王安石早年的職場生涯

　　王安石是個少年天才，據說他過目不忘，出口成章，21歲就考中進士，步入仕途。

轉發學霸王安石，
科科都能過！

　　王安石在地方上勤勤懇懇，什麼地方官都當過，而且幹得都不錯。再加上他才華橫溢，名氣一天比一天大，於是朝廷就想讓他來中央做官。王安石的回答是：

　　朝廷裡的人都驚呆了，竟然還有人拒絕升遷，簡直是官場大熊貓，太稀奇了，於是王安石的名氣更大了。
　　朝廷徵召他好多次，他每次都拒絕。那他拒絕的理由是什麼呢？最常見的理由是：

王安石說京城物價太高，而且自己有老人要奉養，實在不方便。總之就是「我很窮，我不去」。

可是胳膊擰不過大腿。後來王安石拗不過朝廷，只能到中央去做一陣子，卻總惦記著回地方去。

問題來了，王安石不去中央做官，只是因為窮嗎？他沒有雄心壯志嗎？就不想當大官，做大事？

你真的就不想升官？

當然不是這麼簡單！

歷史大咖秀

王安石所處的時代，是宋仁宗中晚期，看似一片太平，可是問題很多。

范仲淹曾經試圖改革，他的改革方案算是比較溫和的，但還是失敗了。

在當時的北宋官場中，大多數官員都是混日子的，死氣沉沉，想腳踏實地做事特別難。

面對這種局面，王安石是很想做點什麼的。他給宋仁宗寫了一封上萬字的建議信，結果呢，沒人搭理他。

然後他又寫了一封幾百字的短信，把宋仁宗罵了一頓。結果，還是沒人搭理他。

一個想做事的人，不怕吵架，不怕被埋怨，甚至不怕死，就怕其他人（尤其是執政者）沉浸在安穩的小日子裡，不把問題當回事。

做臣子的，除了感到絕望，還能怎麼辦呢？

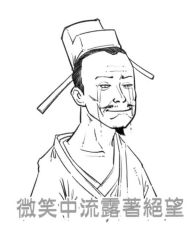

微笑中流露著絕望

面對這種局面，王安石受不了了。他覺得與其在中央待著混日子，不如去地方當一把手，還能辦點實事。於是他自請去外地當官。

我們來看看王安石這一時期的作品，或許可以從側面看出他積極進取的心態：

登飛來峰

飛來山上千尋[1]塔，聞說雞鳴見日升。
不畏浮雲遮望眼，自緣[2]身在最高層。

【注釋】

[1]千尋：指塔非常高。尋是古代的長度單位，八尺為一尋。
[2]緣：因為。

【翻譯】

　　飛來峰上有座高聳入雲的塔，聽說雞鳴時分可以看見旭日升起。不怕層層浮雲遮住我那遠眺的視野，只因為我站在飛來峰頂，登高望遠心胸寬廣。

眼前的破事都是浮雲，我要站得更高，看得更遠。這首詩跟王之渙的「欲窮千里目，更上一層樓」有些相似，充滿了人生哲理和積極進取的精神。

日子這麼一天天過去，王安石已經四十多歲了，如果沒什麼變化，可能就要這麼平淡地度過一生。

就在這時，命運的轉折突然來了。

宋仁宗去世之後，即位的宋英宗沒當幾年皇帝，也跟著去了。於是，年紀輕輕的**宋神宗**即位。

宋神宗是個熱血青年，看著國家一副要死不活的樣子，很想做些改變。但是他勢單力薄，需要一個幫手，誰合適呢？

這時候，身邊有人給了他一個建議：

有了一把手的支持，王安石感到這是個打破局面的機會，於是也沒推辭。

這一老一少組成了一對變法CP，拉開了大變革的序幕。

擺在宋神宗和王安石面前的，是一個爛攤子：「三冗」問題一直解決不了，而且越來越嚴重，最關鍵的是，國庫裡沒幾個錢了。沒錢，拿什麼強軍，拿什麼治國？

這時候的北宋，就像個垂死的病人，必須下一劑猛藥。

於是，猛烈的王安石變法開始了。

二、王安石變法

　　王安石的變法，涉及政治、軍事、經濟等各個方面。以下均是**歷史教材**的內容，坐穩了！

　　我們之前講過，北宋最大問題是什麼？是「**三冗**」！所以該怎麼辦？

　　　　　　　　　冗兵？那就裁軍，練兵，提高戰鬥力！

　　　　　　　　　措施：保甲法、將兵法、保馬法。

冗官？那就改革考試，培養真正有用的人！

措施：改革科舉、整頓太學、唯才用人。

冗費？那就想辦法生出錢，充實國庫！

措施：青苗法、農田水利法、免役法、市易法。

說一千道一萬，王安石變法的核心，就是富國強兵。要強兵，就要先讓國家富起來；要富起來，就要會理財，而王安石的思路是：

> 善理財者，
> 民不加賦而國用饒。

翻譯過來就是，只要會理財，就算不加稅，也能讓國家富起來。

那麼，王安石是怎麼做的呢？

我們來舉個例子：青苗法。

每年青黃不接的時候，很多過不下去的農民都要去向大地主借高利貸，最後還不起債，弄得家破人亡。

青苗法就是，國家把錢借給你，相當於貸款，但利息要比高利貸低得多。

這樣一來，老百姓的日子就好過了，既打擊了放高利貸的大地主，又能讓國家增收。

其他如市易法、免役法、均輸法等政策，思路也都類似，就是**國家干預經濟**。

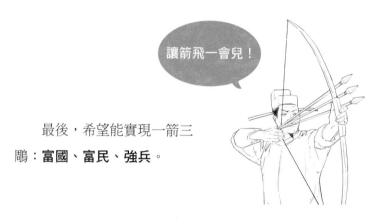

最後，希望能實現一箭三鵰：**富國、富民、強兵**。

但是，理想很豐滿，現實很骨感。這三件事，每一件看起來好像都挺容易，但是執行起來，全都特別讓人頭大。

比如說青苗法，本來應該是自願貸款的，但是有些地方官為了有政績，強迫農民貸款。農民還不起，又去借高利貸來堵窟窿，最後還是要破產。

初衷很好，但執行不力。同樣的情況也存在於王安石的其他法令中。

一方面是因為法令制定時考慮得不夠細緻，另一方面是因為部分地方官只看重官位和利益，心裡沒有國家和百姓，導致政策落地後變了味。

由於變法，產生了一些負面影響，再加上王安石的思路對當時的人來說有點太獵奇，所以遭到許多人的反對，反對最激烈的，就是司馬光。

司馬光和王安石，其實是同一類人：個人品質高尚，才華橫溢，勤儉節約，不貪財不好色，不懂得享受，一心為國家幹活。

其實他倆本來是很好的朋友。

可是因為政見不合，兩人鬧掰了。

這兩個人都特別倔強，堪稱北宋歷史上並列第一的倔驢。

於是，朝廷裡分成了兩派：

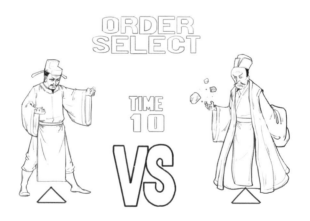

王安石戰隊：新黨變法派　　　司馬光戰隊：舊黨保守派

雙方水火不容，互相攻擊，最後也不討論利弊了，反正我看你不順眼，只要你支持的，我就反對；只要你反對的，我就支持。

這已經不是業務討論了，這是純粹的

抬槓！

而且問題是，雖然王安石用的人能力都挺強，但在個人素質上確實都有點問題。篇幅有限，我們就不一一列舉了。我們再看看**司馬光的陣營**：

怎麼看，司馬光這邊都像是正面人物啊！

對比之下，王安石就好像是個大反派！

執行不力、操之過急、用人不當、樹敵太多、一手提拔的背骨仔背後捅刀……種種原因加起來，令王安石覺得改革越來越難，再加上老年喪子，心灰意冷的他最後選擇了離職。

三、王安石的晚年

倔強了一輩子的王安石，在退休後的晚年生活中，反倒是卸下了沉重的包袱，整個人佛系了起來，有點王維的感覺，沒事就騎個驢瞎溜達。

我有一隻阿米驢，隨牠去哪裡。

而且由於遠離了政治，王安石跟某些政敵也和解了，比如說蘇軾。他們不談政治，光談文學，就像絕世高手切磋，特別能玩在一塊兒。

老王，今天喝點什麼？

賞你半斤地瓜燒！

　　而另一頭，王安石退休之後，宋神宗繼續堅持變法。但是由於他缺少幫手，而且跟朝臣爭了十幾年，一個腦袋兩個大，心力交瘁，最終壯志未酬，年僅38歲就離開了人世。

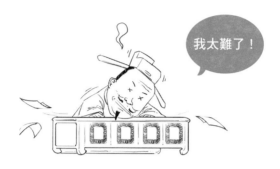

　　宋神宗去世之後，反對新法的高太后掌權，起用司馬光，所有的新法不問好壞，全都廢除。

　　其實王安石的某些法令，已經取得顯著的效果，但是司馬光仍然一刀切地把它們全部廢掉。他的這種做法，甚至在保守派內部，都遭到了反對。

王安石一生的心血全都被毀，感到絕望的他，不久之後病逝，追隨宋神宗而去了。

　　王安石的變法雖然全部被廢，但是這並不代表他的變法就是完全失敗的。

　　變法之後，北宋國庫增收，軍隊的戰鬥力增強，一定程度上改善了積貧積弱的局面。只可惜變法很快被廢，辛辛苦苦積攢下來的家底，也被敗家子揮霍一空，本來有望逆風翻盤的北宋，竟然就這麼亡國了。

關於王安石變法，我們就先講到這裡。下面，我們來看看王安石的文學成就。

四、文豪王安石

作為唐宋八大家之一，王安石的文學功底是非常深厚的，尤其表現在散文和詩上。而詞王安石雖然寫得不多，但是也有自己的特色。

1. 王安石的散文

王安石的散文，以**議論文**為主，立意深遠，邏輯性強，文筆簡練，比如〈**遊褒禪山記**〉（見附錄）。

這實際上是一篇遊記，是王安石早年當地方官的時候寫的。大意就是說，他們幾個人去褒禪山遊玩，發現有個洞，往裡走了半天也沒走到頭。有人嫌累，他們就出來了。出來之後又有點後悔，覺得來都來了，應該走到底才對。

一般人寫遊記，可能也就寫到這裡了，但是王安石總會想深一層，發表通議論：

是你讓我看透生命這東西，
四個字，堅持到底！

這就是王安石的散文，立意深，邏輯性強，善於議論，有足夠的思想高度。

2. 王安石的詩

王安石的詩，用詞講究，特別有意境，比如下面這首：

泊船[1] 瓜洲

京口瓜洲一水[2]間，鍾山[3]只隔數重山。
春風又綠[4]江南岸，明月何時照我還。

【注釋】

[1] 泊船：停船。泊，停泊。
[2] 一水：指長江。
[3] 鍾山：今南京市紫金山。
[4] 綠：吹綠。

【翻譯】

　　京口和瓜洲之間只隔著一條長江，鍾山就隱沒在幾座山巒的後面。和煦的春風又吹綠了長江南岸，明月什麼時候才能照著我回到鍾山下的家呢？

　　「春風又綠江南岸」中的這個「綠」字，用得特別妙，據說王安石推敲了好多次，才確定用這個字。

到？過？入？滿？都不夠味啊。

對了，綠！
有那味了！

　　王安石早年的詩特別大氣，比如前文中的〈登飛來峰〉，而到了晚年，享受退休生活的王安石，也會寫一些很有生活情趣的詩。

書[1]湖陰先生壁（其一）

茅簷長掃靜無苔，花木成畦[2]手自栽。
一水護田[3]將綠繞，兩山排闥[4]送青來。

【注釋】

[1]書：書寫，題詩。

[2]成畦（ㄑㄧˊ）：成壟成行。畦，被田埂整齊劃分成的方塊園地。

[3]護田：這裡指護衛、環繞著園田。

[4]排闥（ㄊㄚˋ）：推門。闥，小門。

【翻譯】

　　茅草房的庭院經常打掃，潔淨得沒有一絲青苔。花草樹木成行成壟，都是主人親手栽種的。

　　庭院外一條小河保護著農田，將農田緊緊環繞；兩座青山像打開門來為人們送去一片綠色。

王安石不以詞著稱，但是他的詞也有創新之處，開拓出新的題材和風格，比如下面這首：

桂枝香·金陵懷古

登臨送目。正故國晚秋，天氣初肅。千里澄江似練，翠峰如簇。歸帆去棹殘陽裡，背西風、酒旗斜矗。彩舟雲淡，星河鷺起，畫圖難足。

念往昔、繁華競逐。嘆門外樓頭，悲恨相續。千古憑高對此，謾嗟榮辱。六朝舊事隨流水，但寒煙、芳草凝綠。至今商女，時時猶唱後庭遺曲。

　　詞本來是唱小曲用的，但王安石不僅用詞來懷古，而且寫出了深遠的意境，這個很少見，在這方面，他對詞的發展做出了貢獻。

　　說起懷古，你看這首詞的最後一句，是不是有點眼熟？大家可以回想一下唐朝詩人杜牧的〈泊秦淮〉。

五、王安石的身後事

　　我們講了王安石的一輩子，講了他的變法，講了他的文學成就，但是，這還不算完。因為關於他的故事，在他去世之後，還在繼續。

　　王安石去世後，新黨和舊黨的鬥爭仍在繼續，但是已經變成了純粹的政治黨爭。新黨變成鬥爭的工具，已經喪失了變法的初心。

比如宋徽宗時期的奸臣蔡京，他以新黨自居，誰反對他，他就說誰是舊黨，然後打擊報復。

　　後來遭遇靖康之變，北宋滅亡。好好的國家，怎麼說沒就沒了呢？這事誰來負責啊？

　　看來看去，大夥就盯上了王安石。

　　王安石萬萬都沒想到，在他去世之後，從官方到民間，掀起了一場臭罵他的運動，而且一持續就是好幾百年。

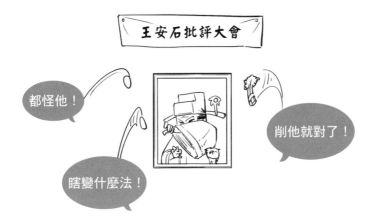

　　近代以來，不斷有人出來替王安石翻案，肯定他改革的意義和個人的高尚人格，比如梁啟超。

　　那麼，到底該如何理解王安石這個人呢？

　　在這裡，我們就簡單聊一下。

　　北宋的「三冗」問題，是個先天缺陷，而想在封建社會裡進行全面的變法，也很難成功。面對這個死局，王安石站了出來，轟轟烈烈地挑戰了一次。

他本可以不站出來，作為一代文豪留名後世，但他沒有選擇這樣做。當他下決心變法的時候，就已將一切置之度外，他的人生，必然充滿各種爭議。

或許我們只能這麼說：王安石是一個有擔當、有勇氣、有遠見，還是一個品格高尚的人，雖然他也存在缺陷，但他是一個偉大的人。

關於王安石的評價，歷來多有爭議，我們就說到這裡，相信大家也有自己的看法。

而接下來的一位大咖，是重量級中的重量級，繼續看，不要停！

十、全民偶像蘇軾的曠達人生

在整個唐朝詩壇，有兩個第一流詩人：李白&杜甫。而在宋朝的文壇，也有一個「神」一樣的存在，他就是**蘇軾**。

話說，有一天宋神宗問身邊的大臣，蘇軾可以和哪位古人比肩？

宋神宗的原話是：「李白有軾之才，無軾之學。」翻譯過來就是，李白有蘇軾的才氣，學識卻不如蘇軾廣博。

客觀來說，蘇軾正如宋神宗所說的那樣，無論是詩、詞、書、畫、散文，他都是一把好手。不僅如此，他還是北宋文壇上的CP狂魔。

在寫詩方面，他和黃庭堅並稱**蘇黃**。

在寫詞方面，他和辛棄疾並稱**蘇辛**。

在散文方面，他和歐陽修並稱**歐蘇**。同時，他們還都名列唐宋八大家。

在書畫方面，他和黃庭堅、米芾、蔡襄並稱：

宋四家。

蘇軾的《黃州寒食帖》被譽為天下三大行書之一。

其實在唐朝的詩人當中也有一個全能型的選手，那就是王維。他這個人：

長相帥比吳彥祖，畫畫賽過鳥山明。
彈唱不輸周杰倫，文才碾壓混子哥。

讓我們紅塵作伴～活得瀟瀟灑灑
策馬奔騰 共享人世繁華

編注：鳥山明為日本漫畫家，代表作《七龍珠》；混子哥為本書作者。

但蘇軾能夠成為古今中外的超人氣偶像，不單單是因為才華，而是因為同樣是遭遇挫折，王維

佛系了，

而蘇軾依然保持著**對生活的熱愛**。

除了一大堆文藝作品，蘇軾留給後世的，還有很多。

除此之外，他還造了各種梗，堪稱骨灰級段子手。

那蘇軾的一生到底是怎麼樣的呢？

　　總體來說，蘇軾的一生是跌宕起伏的一生，這其中有時代的原因，也有蘇軾自身性格的原因。

他的一生可以分為五個階段：

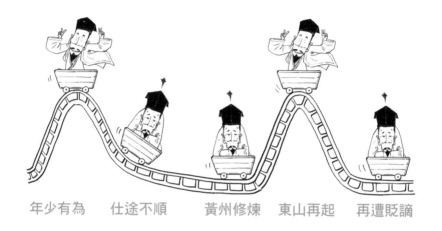

年少有為　仕途不順　黃州修煉　東山再起　再遭貶謫

一、年少有為

蘇軾是四川眉山人，他的父親叫蘇洵，雖然不是什麼大官，但卻是宋朝的大文學家。蘇軾還有一個弟弟叫**蘇轍**。

老爹蘇洵，還有蘇軾、蘇轍都名列唐宋八大家，可以說一家子都是大文豪，合稱三蘇。

蘇軾從小就接受老爹十分嚴格的教育，有多嚴格呢？據說，他到老年時，想起這段經歷還經常做噩夢。但這也培養了蘇軾過人的才華，年紀輕輕就跟著老爹和弟弟一起去開封趕考。

當時的主考官是大名鼎鼎的歐陽修，他看了蘇軾的文章後驚為天人。

歐陽修本想給這張卷子第一名，但是當時的考試採取糊名制，他以為這張卷子是自己的弟子曾鞏的，怕人家說閒話，所以就給了第二名。

於是，蘇軾就因為這個意外，得了第二名。但這也讓他結交了自己的伯樂：**歐陽修**。從那之後，他稱歐陽修為自己的老師；而歐陽修也很賞識蘇軾，曾不止一次地在別人面前誇讚蘇軾的才學。

走過路過不要錯過，未來文壇領袖，還不快來抱大腿！

　　因為歐陽修的造勢，蘇軾一下子名震宋朝文壇。

如果我們僅看蘇軾的出場，你會覺得，他簡直是人生贏家。

不過，他的人生在不久後就迎來了反轉。當時的大老王安石成功地讓蘇軾的人生軌跡來了一個180度大轉彎。

二、仕途不順

我們前文提過了王安石變法的始末，蘇軾總體上是反對王安石變法的。

不過，蘇軾反對的理由和司馬光不一樣。司馬光是全盤反對，而蘇軾覺得：**王安石變法太急了，應該循序漸進**。

不過，無論是司馬光還是蘇軾，當時都鬥不過王安石。於是，看清現實的蘇軾申請了外調，跑到杭州做通判，相當於現在的杭州市副市長。

到杭州後，他並沒有因此消沉，還是為百姓做了很多好事。他在杭州寫了很多詩，這也一舉奠定了他文壇霸主的地位。

其中，他讚美西湖的詩成為千古名篇。

飲湖上初晴後雨

水光瀲灩[1]晴方好[2]，山色空濛[3]雨亦奇。

欲把西湖比西子[4]，淡妝濃抹總相宜[5]。

【注釋】

[1] 瀲灩（ㄌㄧㄢˋ　ㄧㄢˋ）：波光閃動的樣子。

[2] 方好：正顯得很美。

[3] 空濛：雲霧迷茫的樣子。

[4] 西子：西施，春秋時代越國有名的美女。。

[5] 相宜：顯得很合適，十分自然。

【翻譯】

　　晴空下，西湖水波閃動，看起來非常美好。下雨時，籠罩在雲霧中的山，時隱時現，眼前一片迷迷茫茫，景色也是非常漂亮的。如果把美麗的西湖比作美人西施，那麼淡妝也好，濃妝也罷，景色總能很適宜地展現出她的美。

在這首詩中，他把西湖比作美女西施，來表現西湖的美景。

不僅如此，從這個時期開始，蘇軾大量作詞。相比於其他的詞人，蘇軾其實是半路出家的。

別的詞人是專業填詞。

蘇軾這位詞壇新人，卻是搞突破專業的。

　　具體有哪些突破，我們接下來會具體分析。

　　三年後，蘇軾又被安排到密州去做知州，相當於現在的市長。他在密州任職期間，正值西夏入侵大宋。有一天，蘇軾和朋友一起去打獵，他寫了一首詞。

江城子・密州出獵

老夫聊[1]發少年狂[2]，左牽黃，右擎蒼[3]，錦帽貂裘[4]，千騎[5]捲平岡。為報傾城隨太守，親射虎，看孫郎[6]。

酒酣胸膽尚開張[7]。鬢微霜[8]，又何妨！持節雲中，何日遣馮唐[9]？會[10]挽[11]雕弓如滿月，西北望，射天狼[12]。

【注釋】

[1]聊：姑且，暫且。

[2]狂：豪情。

[3]左牽黃，右擎蒼：左手牽著黃犬，右臂擎著蒼鷹。形容圍獵時用以追捕獵物的架勢。黃，黃犬。蒼，蒼鷹。

[4]錦帽貂裘：名詞作動詞使用，頭戴著華美鮮豔的帽子，身穿貂鼠皮衣。

[5]千騎：形容隨從乘騎之多。

[6]孫郎：孫權。此處藉以自喻。《三國志・吳志・孫權傳》載：「二十三年十月，權將如吳，親乘馬射虎於凌亭，馬為虎傷。權投以雙戟，虎卻廢。常從張世，擊以戈、獲之。」這裡以孫權喻太守。

[7]酒酣胸膽尚開張：極興暢飲，胸懷開闊，膽氣橫生。尚，更。開張，開闊雄偉。

[8] 微霜：稍白。

[9] 持節雲中，何日遣馮唐：節，兵符，傳達命令的符節。此處使用了馮唐持節赦免魏尚的典故。《史記・張釋之馮唐列傳》載：漢文帝時，雲中郡守魏尚抵禦匈奴有功，卻因為上報戰功時多報了六顆首級而獲罪削職。馮唐為之向文帝辯白此事，文帝即派馮唐持節去赦免魏尚，復為雲中郡守。

[10] 會：將要。

[11] 挽：拉。

[12] 天狼：星名，這裡隱指西夏。

【翻譯】

　　我姑且抒發一下少年的豪情壯志，左手牽著黃犬，右臂托起蒼鷹，頭戴華美鮮豔的帽子，身穿貂鼠皮衣，帶著浩浩蕩蕩的千騎人馬像疾風一樣，席捲平坦的山岡。為了報答全城的人跟隨我出獵的盛意，我要像孫權一樣，親自射殺猛虎。

　　我極興暢飲，胸懷開闊，膽氣橫生。我已兩鬢微微發白，這又何妨？什麼時候皇帝會派人來，就像漢文帝派遣馮唐去雲中赦免魏尚一樣任用我呢？那時我將使盡力氣拉滿雕弓就像滿月一樣，瞄準西北，射向敢於來犯的西夏軍隊。

當時正值西夏入侵大宋，蘇軾想表達的意思是，哥打著打著獵，就膨脹了，想帶兵去和西夏決戰。

寫完這首詞，蘇軾很是滿意。於是，就給自己的好朋友寫了一封信：

近作小詞，雖無柳七郎風味，亦自是一家。

呵呵。

數日前，獵於郊外，所獲頗多。

作得一闋，令東州壯士抵掌頓足而歌之，

吹笛擊鼓以為節，頗壯觀也。

這裡的「呵呵」，不是混子哥我編的，而是蘇軾自己寫的。「呵呵」在蘇軾的書信中大量地出現。

這裡的「柳七郎」指柳永。柳永也是詞壇的霸主，婉約派的代表。當時文人寫完詞後，是由歌伎來唱，詞風香軟。

　　蘇軾覺得他的這首詞有別於柳永香軟的詞，不應該由歌伎來唱，而應該配上笛子和鼓，由壯士邊擊掌、跺腳，邊唱。

　　所以，你發現沒有？

　　蘇軾無形之中擴展了詞的邊界。這首詞一出，在內容上，出現了報國情懷；在詞風上，一改過去軟綿綿的風格，變得豪放而曠達，更像男子漢。

　　初來密州的蘇軾已經40歲，有一天，他夢見自己的亡妻，也就是他第一任妻子王弗。王弗已經去世十年了，蘇軾格外懷念她，於是寫下一首傳誦千古的悼亡詞。

江城子・乙卯正月二十日夜記夢

　　十年生死兩茫茫，不思量[1]，自難忘。千里孤墳，無處話[2]淒涼。縱使[3]相逢應不識，塵滿面，鬢如霜[4]。

　　夜來幽夢[5]忽還鄉，小軒窗[6]，正梳妝。相顧無言，惟有淚千行。料得[7]年年腸斷處，明月夜，短松岡。

【注釋】

[1]思量：放在心上，惦記。這裡指思念。

[2]話：說出。這裡指傾訴。

[3]縱使：即使。

[4]塵滿面，鬢如霜：灰塵滿面，鬢髮如霜。

[5]幽夢：隱約的夢境。

[6]軒窗：窗戶。

[7]料得：料想，想來。

【翻譯】

　　你我夫妻訣別已經整整十年，強忍自己不去思念，可終究難相忘。千里之外那座遙遠的孤墳啊，竟無處向你傾訴滿腹的悲涼。縱然是夫妻一旦相逢，你也認不出我了，畢竟我已經是灰塵滿面、兩鬢如霜。

　　昨夜我在夢中又回到了家鄉，在小屋窗口看見你正在打扮梳妝。你我二人相對無語，只能淚流滿面。料想年年讓我肝腸寸斷的地方，就是夜晚明月下那片長滿矮松的山岡。

這首詞沒有用任何華麗的辭藻雕琢，卻道盡了蘇軾對亡妻的思念。

由於長期在各地做官，蘇軾一直都沒能見到自己的弟弟。一次中秋節，他人在密州，因為特別思念弟弟，他寫下了千古名篇〈水調歌頭·明月幾時有〉：

水調歌頭·明月幾時有

丙辰中秋，歡飲達旦[1]，大醉，作此篇，兼懷子由[2]。

明月幾時有？把酒[3]問青天。不知天上宮闕，今夕是何年。我欲乘風歸去[4]，又恐瓊樓玉宇[5]，高處不勝[6]寒。起舞弄清影[7]，何似[8]在人間。

轉朱閣[9]，低綺戶[10]，照無眠。不應有恨，何事長向別時圓？人有悲歡離合，月有陰晴圓缺，此事古難全。但願人長久，千里共嬋娟[11]。

【注釋】

[1]達旦：到早晨。

[2]子由：指蘇軾的弟弟蘇轍。蘇轍，字子由。

[3]把酒：端起酒杯。把，持。

[4]歸去：回去，這裡指回到月宮裡去。

[5]瓊（ㄑㄩㄥˊ）樓玉宇：美玉砌成的樓宇，指想像中的仙宮。

[6]不勝：經受不住。勝，承擔、承受。

[7]弄清影：意思是月光下的身影也跟著做出各種舞姿。

[8]何似：何如，哪裡比得上。

[9]朱閣：朱紅的樓閣。

[10]綺（ㄑㄧˇ）戶：彩繪雕花的門。

[11]嬋娟：指月亮。

【翻譯】

丙辰年（1076年）的中秋節，我高高興興地喝酒直到天亮，大醉一場，寫下這首詞，同時也思念弟弟蘇轍。

明月幾時開始有的呢？我拿著酒杯遙問蒼天。不知道天上的宮殿，今晚是哪一年。我想憑藉著風力回到天上去看一看，又擔心美玉砌成的樓宇太高了，我經受不住寒冷。起身舞動玩賞著月光下自己清朗的影子，月宮哪裡比得上在人間！

月兒移動，轉過了朱紅色的樓閣，低低地掛在雕花的窗戶上，照著沒有睡意的人。明月不應該對人們有什麼怨恨吧，可又為什麼總是在人們離別之時才圓呢？人有悲歡離合的變遷，月有陰晴圓缺的轉換，這事自古以來就很難周全。希望人們可以長長久久地在一起，即使相隔千里也能一起共賞這美好的月亮。

子由就是蘇轍。蘇軾在中秋之夜喝得酩酊大醉，寫下這首詞，但這首詞又不僅僅是對弟弟的思念。

他圍繞著「月」展開思考，把人世間的悲歡離合與對宇宙人生的哲學思考結合在一起。

同時蘇軾想起這幾年仕途的不如意，產生了複雜而且矛盾的情感。但即便如此，在詞的最後，他依然表達出要積極樂觀生活的態度。

南宋文學家胡仔曾這樣評價這首詞：中秋詞，自東坡〈水調歌頭〉一出，餘詞俱廢。

以上兩首詞，一首寫給亡妻，一首寫給兄弟。在蘇軾之前，沒有人這樣寫詞。蘇軾拓寬了詞的內容，開始表達人倫之情。

蘇軾漂泊的官場生涯還在繼續。密州之後，他相繼在徐州和湖州擔任知州。也就是在此時，蘇軾的人生迎來了巨大的轉折。

蘇軾過去寫了很多反對王安石變法的詩,改革派一直懷恨在心,想借機幹掉蘇軾。於是,他們編織了罪名,陷害蘇軾,這也就是著名的

烏台詩案!

因為審理這個案件的御史台的官署裡有很多柏樹，有烏鴉來棲息築巢，所以御史台被稱為烏台。而蘇軾是因為寫詩被彈劾，所以這個案子叫作烏台詩案。

蘇軾當時被關在御史台的監獄裡，他甚至想自殺。他給弟弟蘇轍寫了兩首訣別詩，其中有兩句尤其感人肺腑：

與君今世為兄弟，又結來生未了因。

——節選自〈予以事系御史台獄，

獄吏稍見侵，自度不能堪〉

小老弟，下輩子我們繼續做兄弟。

在關押期間，蘇軾的朋友紛紛出手相救，據說還包括蘇軾看不慣的王安石。此時王安石早就退休養老，他寫信給宋神宗說：「聖朝不宜誅名士。」

意思是說，哪有聖明的時代會發生誅殺有才華的名士的事呢？

老闆，你這麼
英明神武，跟
小蘇計較什麼。

是、是、是，
我就嚇唬嚇唬他。

除了王安石，蘇軾的其他朋友也紛紛出手相救，其中就包括他的弟弟蘇轍、太皇太后曹氏，以及章惇等人。

後來，宋神宗果真放了蘇軾。但死罪可免、活罪難逃，蘇軾被貶到了黃州。

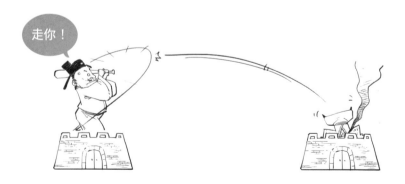

走你！

三、黃州修煉

從烏台詩案開始，蘇軾的人生跌入了谷底。他初到黃州時，心情極為低落，回想起這段時間的遭遇，他寫道：

世事一場大夢，人生幾度秋涼。

——節選自〈西湖‧世事一場大夢〉

如果非要用一句話來概括，那應該是：世事無常，活著好難。

之前，我們也說過：**詞窮而後工**。蘇軾能有如此的成就，其實和他的遭遇是分不開的。烏台詩案對他來說是九死一生，而黃州時期則是他人生的最低谷。他這位文壇霸主、堂堂的一州長官，被一降再降，成了一個犯官。

要知道對宋代文人來說，最大的志向就是**輔助君王治理好國家**。蘇軾其實有這樣的理想，他年輕時也是這麼做的，寫了許多策論文章，給皇帝提意見。

而如今蘇軾覺得他可能永遠都無法實現自己的理想了，甚至只能成為一個普普通通的百姓。

這種心理落差是極大的。初到黃州，他就寫下了內心的獨白：

> 揀盡寒枝不肯棲，寂寞沙洲冷。
>
> ——節選自〈卜運算元·黃州定慧院寓居作〉

翻譯過來就是：

蘇軾在這首詞當中，表達了自己的寂寞和孤獨，而這些心境卻沒有人懂得。

在黃州的日子雖然是蘇軾人生的最低谷，但黃州卻也算是福地，他人生最重要的作品都出自黃州。他在這個時期完成了從**蘇軾**到**蘇東坡**的蛻變。

但是這樣的蛻變並不是一蹴而就的，而是循序漸進的。總的來說，蘇軾做了兩件事：

1. 做個普通人

蘇軾當時的職位是黃州團練副使，但因為他是罪官，所以被剝奪了領取俸祿的資格。

蘇軾以前雖然有著不錯的收入，但可惜是個月光族，沒攢下什麼錢。

現在沒了收入，他的日子一下子窘迫了起來。好在有一個超級粉絲提供幫助，蘇軾被允許在一處廢棄的軍營種地。於是，他從一個文人變成一個農民。結果地還種得不錯，又因為這塊地在城東，所以江湖人稱**蘇東坡**。

陶淵明不行啊，種地還是我專業。

他還親手蓋了間屋子，取名**雪堂**。

據說他經常和老百姓閒聊。不僅如此，他還和朋友一起吃耕牛的肉，半夜翻城牆。

這在當時是違法的。換作以前，蘇軾是萬萬不可能做這種事的。

當時他的好朋友陳慥就住在附近，蘇軾經常到他家去跟他閒聊。一天晚上，兩人聊得正盡興——

陳慥的妻子急了，大喝一聲──

蘇軾還發明了許多美食，比如：

東坡肉　　　　　　　**東坡餅**

他甚至為東坡肉寫了一首詞。

豬肉頌

淨洗鐺，少著水，柴頭罨（一ㄢˇ）煙焰不起。待
他自熟莫催他，火候足時他自美。黃州好豬肉，
價賤如泥土。貴者不肯吃，貧者不解煮，早晨起
來打兩碗，飽得自家君莫管。

這不就是東坡肉的製作食譜嗎？

照這個做，絕對一級棒。

你都被貶了，能不能麻煩你傷心一點？

呵呵……

2. 努力放下

　　在科學史上，1666年被稱為牛頓的奇蹟年；1905年，被稱為愛因斯坦的奇蹟年。因為在這兩個年分，牛頓和愛因斯坦各自取得了巨大的成就。

如果我們回望中國文學史，乃至世界文學史，1082年，即宋神宗元豐五年，應該叫作蘇軾的奇蹟年。這一年屬於蘇軾。

在這一年裡，蘇軾締造了一個神話：

春天：〈定風波‧莫聽穿林打葉聲〉

四月：〈黃州寒食帖〉

九月：〈臨江仙‧夜飲東坡醒復醉〉

七月十六日：〈赤壁賦〉

十月十五日：〈後赤壁賦〉

宋神宗元豐五年（月分未知）：〈赤壁懷古〉

我不是針對誰，在座的都得背。

　　這當中任何一部作品，都足以讓蘇軾屹立於文人之巔。可問題來了，為什麼他可以在同一年裡取得這麼多輝煌的成就？最根本的原因就是：

　　蘇軾一直無法忘記自己的政治理想，可是如今的他，似乎再也不可能實現自己的理想了，他需要找到出口來平復自己的心結。

來到黃州的第三年春天，有一天，蘇軾走在路上，突然下起了雨。蘇軾非但沒有躲雨，反而任憑雨打在自己的身上。

天晴後，他寫了一首詞。

定風波‧莫聽穿林打葉聲

三月七日，沙湖道中遇雨，雨具先去，同行皆狼狽[1]，餘獨不覺。已而[2]遂晴，故作此詞。

莫聽穿林打葉聲[3]，何妨吟嘯[4]且徐[5]行。竹杖芒鞋[6]輕勝馬，誰怕？一蓑[7]煙雨任平生。

料峭[8]春風吹酒醒，微冷，山頭斜照[9]卻相迎。回首向來[10]蕭瑟[11]處，歸去，也無風雨也無晴。

【注釋】

[1] 狼狽：困頓窘迫之狀。

[2] 已而：過了一會兒。

[3] 穿林打葉聲：雨點穿過樹林打在樹葉上的聲音。

[4] 吟嘯：放聲吟詠。

[5] 徐：慢慢地。

[6] 芒鞋：草鞋。

[7] 一蓑（ㄙㄨㄛ）：一襲蓑衣。

[8] 料峭：微寒的樣子。

[9] 斜照：偏西的日光。

[10] 向來：方才。

[11] 蕭瑟：風雨吹打樹葉聲。

【翻譯】

　　三月七日，我們在沙湖道上遇到了下雨，帶著雨具的人先走了，同行的人都被澆得很狼狽，只有我沒有這種感覺。過了一會兒天晴了，就寫下這首詞。

　　不要聽那雨穿透過樹林打在樹葉上的聲音，不妨一邊吟詠著、長嘯著，一邊悠然地慢慢行走。竹杖和草鞋輕捷得更勝過騎馬，怕什麼！披著一襲蓑衣，任憑漫天風雨也泰然行走在旅途上。

　　略帶寒意的春風將我的酒吹醒，感覺略微有些冷，山頭偏西的日光迎面照過來。回頭望一眼走過來遇到風雨的地方，我信步歸去，既無所謂風雨，也無所謂天晴。

　　雖然蘇軾在詞中寫到「一蓑煙雨任平生」，但他要割捨這一切並不容易。在寒食節這一天，蘇軾看著屋外的細雨，感到十分惆悵孤獨，拿出筆墨紙硯，開始訴說自己的心情。

這就是書法史上大名鼎鼎的〈黃州寒食帖〉。

在〈黃州寒食帖〉中，蘇軾表達了來黃州三年，自己窮困潦倒、報國無門，想回故鄉也沒辦法回去的鬱悶心情。

但生活還要繼續。話說有一天，他在外面飲酒後，回家敲門，但家裡人睡得太熟，沒有給他開門。

喂！別睡了，快開門！

他並沒有因此生氣，而是到江邊聽江聲，還寫下一首詞，其中最後兩句尤其有名：

> 小舟從此逝，
> 江海寄餘生。
>
> —— 自節選自〈臨江仙・夜飲東坡醒復醉〉

這兩句的大意是，我真想乘上小舟離開這裡，從此消逝，在江河湖海中了卻餘生。

　　據說蘇軾吟唱這首詞時，被人聽到並傳開。當時的地方長官以為蘇軾自尋短見了，第二天到他家中察看，卻發現他正在睡大覺。

　　據説這首詞還流傳到皇宮裡，皇帝也以為蘇軾自尋短見了，為這樣一個才子的逝去感到惋惜。

　　雖然心情已經跌落到了谷底，但蘇軾並沒有放棄調節自己的情緒，在這一年裡，他兩次遊歷赤壁。

　　赤壁是三國時期，曹操與孫劉聯軍決戰的主戰場。在這裡孫劉聯軍大敗曹操。

　　你們老是跟著我做什麼？

　　老曹，跑那麼快做什麼呀？

　　據專家考證，蘇軾遊歷的赤壁實際上並不是當年的赤壁古戰場，但是這裡卻因為蘇軾而成了千古名勝。

蘇軾基於三國的歷史，寫了一首詞，堪稱曠世之作。

念奴嬌·赤壁懷古

大江[1]東去，浪淘[2]盡，千古風流人物[3]。故壘[4]西邊，人道是，三國周郎[5]赤壁。亂石穿空，驚濤拍岸，捲起千堆雪。江山如畫，一時多少豪傑。

遙想[6]公瑾當年，小喬初嫁了，雄姿英發[7]。羽扇綸巾[8]，談笑間，檣櫓[9]灰飛煙滅。故國神遊，多情應笑我，早生華髮[10]。人生如夢，一尊[11]還酹[12]江月。

【注釋】

[1]大江：指長江。

[2]淘：沖洗，沖刷。

[3]風流人物：指傑出的歷史名人。

[4]故壘：古時軍隊營壘的遺跡。

[5]周郎：指周瑜。

[6]遙想：形容想得很遠；回憶。

[7]雄姿英發（ㄈㄚ）：姿容雄偉，英氣勃發。

[8]羽扇綸（ㄍㄨㄢ）巾：羽扇，羽毛製成的扇子。綸巾，青絲製成的頭巾。

[9] 檣櫓（ㄑ一ㄤˊ　ㄌㄨˇ）：這裡代指曹操的水軍戰船。檣，掛帆的桅杆。櫓，搖船的槳。

[10] 華髮：花白的頭髮。

[11] 尊：同「樽」，酒杯。

[12] 酹（ㄌㄟˋ）：古人以酒澆在地上表示祭奠、憑弔。

【翻譯】

　　大江之水滾滾地向東流去，大浪淘盡千古英雄人物。那舊營壘的西邊，人們說就是三國時周郎大破曹兵的地方：赤壁。岸邊亂石林立，像要刺破天空，驚人的巨浪拍擊著江岸，激起的浪花好似千萬堆白雪。雄壯的江山如一幅畫卷，一時間湧現出多少英雄豪傑。

　　遙想當年的周瑜春風得意，小喬剛剛嫁給他做妻子，姿容雄偉，英氣勃發。手搖羽扇，頭戴綸巾，談笑之間，就把強敵的戰船燒得灰飛煙滅。如今我身臨古戰場神遊往昔，可笑我還有如此多的懷古柔情，可憐兩鬢已生白髮。人生猶如一場夢，且灑一杯酒祭奠江上的明月。

　　總結下來就是：即使你曾經叱吒風雲，也扛不住時間的洗刷；人生不過是一場夢，只有江水和明月是永恆的。

　　這是一首典型的**懷古詞**。早在蘇軾之前就有人寫懷古詞，但無論從數量還是品質上看，都無法和蘇軾的相提並論。

除了這首詞，蘇軾還寫了兩篇散文，被稱為〈**前赤壁賦**〉和〈**後赤壁賦**〉，它們都是千古名篇。

也就是說，蘇軾在短短的一年裡，貢獻了兩首必背詞，一篇必背古文。看到這個效率，學生們怕是要感動哭了。

呵呵，
怪我咯？

蘇軾在黃州一共待了五年，這是蘇軾人生當中最艱難的時光。他離開這裡之後，再沒有回來。

但這裡已經成了他的精神地標，他一生中最重要的作品幾乎都誕生於此。蘇東坡和黃州，是永遠分不開的。

四、東山再起

其實人生就像股票，有漲有跌，蘇軾在黃州觸底，但總會反彈。當時的皇帝覺得蘇軾是個人才，不用可惜了，於是重新起用蘇軾。而蘇軾在上任之前，先去見了一位「老朋友」，他就是**王安石**。

你以為場面會一度失控？

可實際上，王安石和蘇軾雖然在政見上有分歧，但私底下卻是很要好的。他們是當世的兩大才子，王安石特別欣賞蘇軾的才華，兩人相談甚歡。

最近有什麼新的段子嗎？

呵呵……

沒多久，宋神宗去世了，他的兒子宋哲宗繼位。因為小皇帝年紀太輕，所以朝政由太皇太后高氏把持，她起用了反對變法的司馬光。

司馬光一上任，就召回原來的小夥伴，蘇軾獲得重用，從一個犯官升到了三品大員，甚至直逼宰相之位。

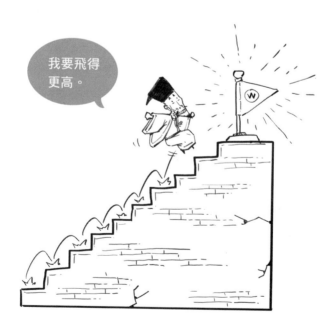

　　此時司馬光開始準備廢除新法，但蘇軾站了出來，反對司馬光這麼做。他認為新法並不都是壞的，一些好的政策不應廢除，還因此和司馬光互撕。

　　由此可見，蘇軾不是一個趨炎附勢的人，相反，他是一個有自己原則的人。正是因為如此，他才會做出一些不同尋常的事情來。

在一本宋人寫的筆記裡，就記載著蘇軾的一個故事。有一天，蘇軾吃飽飯摸著自己的小肚子，在家裡溜達，突然問身邊的人：我這肚子裡裝的是什麼？

而蘇軾有個侍妾朝雲，也是他的知己，她對蘇軾說：你這是——

朝雲恰如其分地形容了蘇軾的個性：不隨大流，有自己的想法和見地，並且敢於提出來。這正是蘇軾的過人之處。

蘇軾這種特立獨行的個性讓他很被動，變法派看他不順眼，反對變法的小夥伴也看他不順眼。不僅如此，在這時候他還陷入了黨爭的漩渦之中。於是，蘇軾萌生了退意，請求外調。

他再度來到杭州，為老百姓做了很多事。

西湖當時淤泥堆積，大量的水草遮蔽了湖面，環境很差。

蘇軾覺得杭州不能沒有西湖，於是決定搶救西湖，募集資金、組織人手挖出淤泥、清除水草，然後築起了一道堤壩。這就是大名鼎鼎的

蘇堤！

　　蘇堤是西湖十景之一，除了蘇堤之外，三潭印月也是蘇軾安排建造的。

　　多說一句，無論是蘇堤還是三潭印月，後來都有其他人修補過，我們看到的其實和蘇軾當年建造的稍微有些不同。

五、再遭貶謫

　　蘇軾瀟灑的日子沒過幾年，宋哲宗開始親政。宋哲宗立誓要完成父親的變法大業，曾經的反對派就成了他的眼中釘、肉中刺。於是，他向蘇軾伸出了黑手。

　　年輕的宋哲宗絲毫沒有要放過蘇軾的意思，他給蘇軾來了個三連貶，一次比一次遠，先貶到**英州**，再貶到**惠州**，最後貶到**瓊州**。瓊州就是今天的海南島。

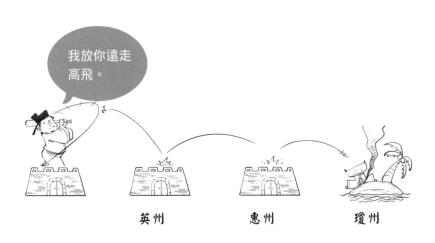

　　除了貶謫帶來的苦悶，在精神上，蘇軾也遭到許多打擊，先是妻子王閏之去世，而後他的侍妾、同時也是知己的朝雲在惠州去世了。

　　據說蘇軾被貶惠州時，朝雲常常為他唱一首〈蝶戀花・春景〉。每當唱到**「枝上柳綿吹又少」**時，她都會泣不成聲。蘇軾很納悶，就問朝雲為什麼哭。

「天涯何處無芳草」
這句實在唱不下去。

我正悲秋呢，
你又開始傷春，
我們能同步一點嗎？

其實朝雲是很懂蘇軾的。古人認為，芳草是由柳絮變成的，樹枝上的柳絮吹遍天涯海角，芳草也就隨風而生。

朝雲心疼蘇軾，她覺得蘇軾忠於大宋，卻一次次被貶。而這次被貶萬里，淪落天涯，就如同這芳草一樣。因此，她十分哀傷。

沒過多久，朝雲就去世了，蘇軾一生都沒有再聽這首詞。

蘇軾的悲涼不止這些，在被貶到海南時，他和弟弟蘇轍一路同行，兩人一個去海南，一個去雷州。他們心裡知道，62歲的蘇軾這次去海南，恐怕是有去無回了。因此，兩人走得很慢很慢。

在送別蘇軾的前一夜，蘇軾的痔瘡復發，蘇轍整夜陪伴在蘇軾身邊，為蘇軾誦讀了陶淵明的〈止酒〉詩，勸蘇軾戒酒。

送別了弟弟後，蘇軾坐船前往海南。兩兄弟這一別竟然成了永訣。

當時的海南是蠻荒之地，宋哲宗把一位老臣貶到這裡來，其實就是想讓他死在這裡，可蘇軾的達觀讓他活了下來。

蘇軾在這裡沒有消沉，依舊活得灑脫。他想吃肉，但是錢又不夠，於是就讓賣羊肉的人把沒有肉的脊椎骨便宜賣給他。他是怎麼吃的呢？你以為會是這樣？

實際上，用蘇軾自己的話說，把羊蠍子吃出了

螃蟹的感覺！

因為買到的這些羊蠍子肉很少，蘇軾總是努力把肉剃光，連狗看到他這麼吃都很不開心。

就不能給我留一點？

蘇軾吃羊蠍子吃出了名氣，據說還被後來的人稱為羊蠍子之父。

　　無論遭受到什麼樣的打擊，蘇軾總是以獨有的「幽默」面對，倔強地活著，就這樣在海南度過了幾年。他沒有死，反倒熬死了宋哲宗。

　　於是，蘇軾終於可以離開海南了。

　　不過，此時的蘇軾自知時日無多，就向朝廷申請去常州養老。可是在北歸常州的路上生病了。最終，他在常州離開了人世。

蘇轍為兄長作了墓誌銘，而後他逐漸淡出政壇，隱居起來。

關於蘇軾的一生，我們就說到這裡。

蘇軾是中國歷史上極富傳奇色彩的文人，而他的詞歷來也被許多文人點評，有人稱讚，也有人指出問題。著名的女詞人李清照曾在〈詞論〉中這樣點評蘇軾的詞：

不協音律，
句讀不葺之詩。

說白了，李清照就是在批評蘇軾的詞根本不算詞，其實就是句子長短不一的詩。以詩為詞，沒有音樂性，這樣的詞太拗口，很難唱出來。

然而，如今的大量史料可以證明蘇軾通曉音律，可為什麼他還非要這樣寫詞？於是有的人認為，蘇軾並不在意詞是不是可以唱。

而大部分人提到蘇軾的詞時，都會用到一個詞：

豪放派！

他和辛棄疾被稱為豪放派的代表人物。不過，這其實是後人的一個叫法。

　　實際上，這樣的歸類是不夠精準的，蘇軾的豪放詞只是少數，他大部分的詞還是婉約詞。

　　其中，比較有代表性的就是上文提到的〈蝶戀花・春景〉。

蝶戀花・春景

　　花褪殘紅[1]青杏小。燕子飛時，綠水人家繞。枝上柳綿[2]吹又少，天涯何處無芳草！

　　牆裡秋千牆外道。牆外行人，牆裡佳人笑。笑漸不聞聲漸悄[3]，多情卻被無情惱。

【注釋】

[1]花褪殘紅：花瓣凋落了。褪，脫落，脫去。

[2]柳綿：指柳絮。

[3]漸悄：漸漸地沒有聲響。

【翻譯】

　　花兒褪盡凋落，樹梢上長出了小小的青杏。燕子在天空飛來飛去，一帶綠水圍繞著村落人家流去。柳枝上的柳絮已被吹得越來越少，但不要擔心，到處都長遍了碧綠的芳草。

　　圍牆裡面有秋千，圍牆外面有大道。牆外道上走來的行人，聽見圍牆裡面盪秋千少女的歡快笑聲。漸漸地笑聲聽不見了，牆外的行人悵然若失，那個多情的人卻因牆內無情的人而平添了煩惱。

如果我們要概括一下蘇軾詞的風格，那大概有三種，分別是：

豪放　　　　曠達　　　　婉約

其中蘇軾寫的豪放詞非常少，而曠達是最能代表蘇軾思想和性格特點的。上文我們就有提到，比如：

小舟從此逝，江海寄餘生。

——節選自〈臨江仙・夜飲東坡醒復醉〉

再比如：

> 莫聽穿林打葉聲，何妨吟嘯且徐行。竹杖芒鞋
> 輕勝馬，誰怕？一蓑煙雨任平生。
>
> ——節選自〈定風波‧莫聽穿林打葉聲〉

這兩首詞，前者包含了與自然和諧統一的曠達之情，後者則表現出超脫世俗的曠達之情。

以後再看到蘇軾，不要只想著豪放，更要想到曠達，這才是他區別於其他詞人最大的特點。

清代的文人吳衡照曾這樣評價蘇軾：**東坡之心光明磊落，忠愛根於生性，故詞極超曠而意極平和。**

著名的學者王國維曾經這樣評價蘇軾：

東坡之曠在於神。

蘇軾除了在詞的風格上有巨大突破，正如我們前文說到的，在內容上也有極大的突破，寫了很多其他類型的詞。

在他的詞中，有表達進取之心、愛國之情、兄弟手足之情、對亡妻的思念之情，還有做菜指南、種地心得等。

因此，如果非要用一句話來概括蘇軾對於宋詞的意義，那一定是

他擴大了宋詞的邊界！

這一冊的內容，就以蘇軾為壓軸啦！在他去世之後，他的弟子們扛起了文壇的大旗，而北宋時代也即將結束，南宋時代馬上就要到來。

附 錄：

岳陽樓記

（宋）范仲淹

慶曆四年春，滕子京謫[1]守巴陵郡。越明年[2]，政通人和[3]，百廢具[4]興，乃重修岳陽樓，增其舊制[5]，刻唐賢今人詩賦於其上，屬[6]予作文以記之。

【注釋】

[1]謫（ㄓㄜˊ）：因罪貶謫流放，出任外官。
[2]越明年：到了第二年。越，到。
[3]政通人和：政事順利，百姓和樂。通，通順；和，和樂。
[4]具：通「俱」，全。
[5]增其舊制：增，擴大。制：規模。
[6]屬：通「囑」，囑託、囑咐。

【翻譯】

慶曆四年的春天，滕子京被降職到巴陵郡做太守。到了第二年，政事順利，百姓和樂，各種荒廢的事業都興辦起來了。於是重新修建岳陽樓，擴大它原有的規模，把唐代名家和當代人的詩賦刻在它上面。囑咐我寫一篇文章來記述這件事情。

予觀夫巴陵勝狀[1]，在洞庭一湖。銜[2]遠山，吞長江，浩浩湯湯[3]，橫無際涯[4]，朝暉夕陰[5]，氣象萬千，此則岳陽樓之大觀[6]也，前人之述備[7]矣。然則[8]北通巫峽，南極[9]瀟湘，遷客[10]騷人[11]，多會[12]於此，覽物之情，得無[13]異[14]乎？

【注釋】

[1]勝狀：勝景，好景色。

[2]銜（ㄒㄧㄢˊ）：含著。

[3]浩浩湯湯（ㄕㄤ）：形容水波浩蕩的樣子。

[4]橫無際涯：形容寬闊沒有邊際。橫，廣遠。際涯，邊際。

[5]朝暉夕陰：早晚陰晴多變。暉，日光。

[6]大觀：壯麗景象。

[7]備：詳盡，完備。

[8]然則：雖然如此……那麼。

[9]極：至，到達。

[10]遷客：被降職到外地的官員。遷，貶謫。

[11]騷人：詩人。

[12]會，聚集。

[13]得無：恐怕，表示推測。

[14]異：不同。

【翻譯】

　　我觀看那巴陵郡的美好景色，全在洞庭湖上。它含著遠處的山，吞吐長江的水流，浩浩蕩蕩，無邊無際，一天裡陰晴多變，氣象千變萬化。這就是岳陽樓的雄偉景象。前人的記述已經很詳盡了。雖然如此，那麼向北面通到巫峽，向南面直到瀟水和湘水，降職的官吏和來往的詩人，大多在這裡聚會，他們觀賞自然景物而觸發的感情大概會有所不同吧？

　　若夫[1]淫雨[2]霏霏[3]，連月不開[4]，陰風怒號[5]，濁浪排空[6]，日星隱曜[7]，山嶽潛[8]形，商旅不行[9]，檣[10]傾楫[11]摧[12]，薄暮冥冥[13]，虎嘯猿啼。登斯樓也，則有去國懷鄉，憂讒畏譏[14]，滿目蕭然[15]，感極而悲者矣。

【注釋】

[1]若夫：像那，常用在一段話的開頭，以引出下文。

[2]淫（一ㄣˊ）雨：連綿不斷的雨。

[3]霏霏：雨（雪）紛紛而下的樣子。

[4]開：解除，這裡指天氣放晴。

[5]號（ㄏㄠˊ）：呼嘯。

[6]排空：沖向天空。

[7]曜（一ㄠˋ）：曜，光芒。

[8]潛：潛，隱沒。

[9]行：走，此指前行。

[10]檣（ㄑㄧㄤˊ）：桅杆。

[11]楫：船槳。

[12]摧：折斷。

[13]薄暮冥冥：形容傍晚時分天色昏暗的樣子。薄，迫近，接近。冥冥，昏暗的樣子。

[14]憂讒畏譏：擔心（人家）批評指責。讒，讒言。譏，嘲諷。

[15]蕭然：蕭條的樣子。

【翻譯】

　　像那陰雨連綿，接連幾個月不放晴，陰風怒吼，渾濁的浪沖向天空；太陽和星星隱藏起光輝，山嶽隱沒了形體；商人和旅客不能通行，船桅倒下，船槳折斷；傍晚天色昏暗，虎在長嘯，猿在悲啼，這時登上這座樓啊，就會有一種離開國都、懷念家鄉，擔心人家說壞話、懼怕人家批評指責，滿眼都是蕭條的景象，感慨到了極點而產生悲傷的心情。

　　至若春和景[1]明，波瀾不驚[2]，上下天光，一[3]碧萬頃[4]，沙鷗翔集[5]，錦鱗[6]游泳，岸芷汀蘭[7]，郁郁[8]青青。而或[9]長[10]煙一空[11]，皓月千里，浮光躍金，靜影沉璧，漁歌互答[12]，此樂何極[13]！登斯樓也，則有心曠神怡[14]，寵辱偕[15]忘，把酒臨風[16]，其喜洋洋[17]者矣。

【注釋】

[1] 景：日光。

[2] 驚：這裡有「起」、「動」的意思。

[3] 一：全。

[4] 萬頃：形容非常廣闊。

[5] 翔集：時而飛翔，時而停歇。集，棲息，這裡指鳥在樹上。

[6] 錦鱗，指美麗的魚。鱗，代指魚。

[7] 岸芷（ㄓˇ）汀（ㄊㄧㄥ）蘭：岸上與小洲上的花草。芷，香草的一種。汀，小洲。

[8] 郁郁：形容草木茂盛。

[9] 或：有時。

[10] 長：大片。

[11] 空：消散。

[12] 互答：一唱一和。

[13] 何極：哪有窮盡。

[14] 心曠神怡：心情開朗。曠，開闊。怡，愉快。

[15] 偕：一起。

[16] 把酒臨風：端著酒面對著風。把，持、執。臨，面對。

[17] 洋洋：高興得意的樣子。

【翻譯】

　　到了春風和煦，陽光明媚的時候，湖面平靜，沒有驚濤駭浪，天色湖光相連，一片碧綠，廣闊無際；沙洲上的鷗鳥，時而飛翔，時而停歇，美麗的魚游來游去，岸上的香草和小洲上的蘭花，草木茂盛，青翠欲滴。有時大片煙霧完全消散，皎潔的月光一瀉千里，波動的光閃著金色，靜靜的月影像沉入水中的玉璧，漁夫的歌聲在你唱我和中響起，這種樂趣真是無窮無盡啊！這時登上這座樓，就會感到心胸開闊、心情愉快，榮耀和屈辱一併忘了，端著酒杯，吹著微風，那真是快樂高興極了。

　　嗟夫[1]！予嘗求[2]古仁人[3]之心，或異二者之為，何哉？不以物喜，不以己悲，居廟堂[4]之高則憂其民，處江湖之遠則憂其君。是進亦憂，退亦憂。然則何時而樂耶？其必曰「先[5]天下之憂而憂，後[6]天下之樂而樂」乎！噫！微[7]斯人，吾誰與歸[8]？時六年九月十五日。

【注釋】

[1]嗟（ㄐㄧㄝ）夫：唉。嗟和夫都是語氣詞。
[2]求：探求。
[3]古仁人：古時品德高尚的人。
[4]廟堂：指朝廷。
[5]先：在……之前。
[6]後：在……之後。
[7]微：如果沒有。
[8]誰與歸：賓語前置，即「與誰歸」。歸，歸依。

【翻譯】

　　唉！我曾經探求古時品德高尚之人的思想感情，或許不同於以上兩種人的心情，這是為什麼呢？是由於不因外物好壞和自己得失而或喜或悲。在朝廷上做官時，就為百姓擔憂；處在僻遠的地方做官，則為君主擔憂。這樣說來在朝廷做官也擔憂，在僻遠的江湖也擔憂。既然如此，他們什麼時候才會感到快樂呢？他們一定會說：「在天下人憂慮之前先憂慮，在天下人快樂之後才快樂。」唉！如果沒有這種人，我同誰一道呢？寫於慶曆六年九月十五日。

遊褒禪山記
（宋）王安石

　　褒禪山亦謂之華山。唐浮圖[1]慧褒始舍[2]於其址[3]，而卒[4]葬之；以故[5]其後名[6]之曰「褒禪」。今所謂慧空禪院者，褒之廬冢[7]也。距其院東五里，所謂華山洞者，以其乃[8]華山之陽[9]名之也。距洞百餘步，有碑仆道[10]，其文漫滅[11]，獨其為文猶可識，曰「花山」。今言「華」如「華實」之「華」者，蓋音謬也[12]。

【注釋】

[1]浮圖：寫作「浮屠」或「佛圖」，本義是佛或佛教徒，這裡指和尚。
[2]舍：名詞活用作動詞，建舍定居。
[3]址：基址，這裡指山腳。
[4]卒：最終。
[5]以故：因此。

[6]名：命名，動詞。

[7]廬：屋舍。冢：墳墓。

[8]乃：表示判斷，有「為」、「是」的意思。

[9]陽：山的南面。古代稱山的南面、水的北面為「陽」，山的北面、水的南面為「陰」。

[10]仆道：倒在路旁。

[11]漫滅：指因風化剝落而模糊不清。

[12]蓋音謬也：大概是由於讀音錯誤。蓋，承接上文，解釋原因，有「大概因為」的意思。謬，錯誤。

【翻譯】

　　褒禪山也稱為華山。唐代和尚慧褒當初在這裡築室居住，死後又葬在這裡；因為這個緣故，後人就稱此山為褒禪山。現在人們所說的慧空禪院，就是慧褒和尚的墓舍。距離那禪院東邊五里，就是人們所說的華山洞，因為它在華山南面而這樣命名。距離山洞一百多步，有一座石碑倒在路旁，上面的文字已被剝蝕、損壞到模糊，只有從它殘存的字還可以辨認出「花山」的名稱。如今將「華」讀為「華實」的「華」，大概是讀音上的錯誤。

　　其下平曠，有泉側出[1]，而記遊[2]者甚眾，所謂前洞也。由山以上[3]五六里，有穴窈然[4]，入之甚寒，問[5]其深[6]，則其好遊者不能窮[7]也，謂之後洞。余與四人擁火[8]以入，入之愈深，其進愈難，而其見[9]愈奇。有怠[10]而欲出者，曰：「不出，火且[11]盡。」遂與之俱出。蓋[12]予所至，比好遊者尚[13]不能十一[14]，然視其左右，來而記之者已少。蓋其又深，則[15]其至[16]又加[17]少矣。方是時[18]，余之力尚足以[19]入，火尚足以明[20]也。既其出[21]，則或咎[22]其欲出者，而余亦悔其[23]隨之而不得[24]極[25]夫遊之[26]樂也。

【注釋】

[1] 側出：從旁邊湧出。

[2] 記遊：指在洞壁上題詩文留念。

[3] 上：名詞活用作動詞，向上走。

[4] 窈（一ㄠˇ）然：深遠幽暗的樣子。

[5] 問：探究，追究。

[6] 深：形容詞活用作名詞，深度。

[7] 窮：窮盡。

[8] 擁火：拿著火把。擁，持、拿。

[9] 見：動詞活用作名詞，見到的景象。

[10] 怠：懈怠。

[11] 且：副詞，將，將要。

[12] 蓋：表猜測的發語詞，大概。

[13] 尚：還。

[14] 不能十一：不及十分之一。不能，不到。

[15] 則：表假設的連詞，那麼。

[16] 至：動詞活用作名詞，到達的人。

[17] 加：更，更加。

[18] 方是時：正當這個時候。方，正在。是時，指決定從洞中退出的時候。

[19] 以：相當於「而」，連詞，連接狀語與中心詞。

[20] 明：形容詞或用作動詞，照明。

[21] 既其出：已經出洞。其，助詞，無實在意義。

[22] 咎（ㄐ一ㄡˋ）：責怪。

[23] 其：第一人稱代詞，指自己。

[24] 不得：不能。

[25] 極：盡，這裡有盡情享受的意思，形容詞活用作動詞。

[26] 之：用於主謂之間，取消句子的獨立性，可不譯。

【翻譯】

　　由此向下的那個山洞平坦而空闊，有一股山泉從旁邊湧出，在這裡遊覽、題記的人很多，這就是所說的「前洞」。經由山路向上走五六里，有個洞穴，一派深遠幽暗的樣子，進去便感到寒氣逼人，探究它的深度，就算是那些喜歡遊險的人也未能走到盡頭——這是人們所說的「後洞」。我與四個人拿著火把走進去，進去越深，前進越困難，而所見到的景象也就更加奇妙。有個懈怠而想退出的夥伴說：「再不出去，火把就要熄滅了。」於是，只好都跟他退出來。我們走進去的深度，和那些喜歡遊險的人相比，大概還不足十分之一，然而看看左右的石壁，來此而題記的人已經很少了。洞內更深的地方，大概來到的遊人就更少了。正當這個時候，我的體力還足夠前進，火把還能夠繼續照明。我們出洞以後，就有人埋怨那個主張退出的人，我也後悔自己跟他出來，而未能盡情享受遊洞的樂趣。

　　於是余有歎焉。古人之觀於天地、山川、草木、蟲魚、鳥獸，往往有得[1]，以其求思之深而無不在也[2]。夫夷以近[3]，則遊者眾；險以遠，則至者少。而世之奇偉、瑰怪[4]，非常之觀[5]，常在於險遠[6]，而人之所罕至焉[7]，故非有志者不能至也。有志矣，不隨以止[8]也，然力不足者，亦不能至也。有志與力，而又不隨以怠，至於幽暗昏惑[9]而無物以相之[10]，亦不能至也。然力足以至焉[11]，於人為可譏[12]，而在己為有悔[13]；盡吾志也而不能至者，可以無悔矣，其[14]孰能譏之乎？此余之所得也。

【注釋】

[1]得：心得，收穫。

[2]以其求思之深而無不在也：（是）因為他們探究、思考深入而且廣泛。無不在，沒有不探索、思考到的。

[3]夷以近：（路）平而近。夷，平坦。以，連詞，表並列，而。

[4]瑰怪：珍貴奇特。

[5]非常之觀：不平凡的景象。

[6]險遠，形容詞活用作名詞，險遠的地方。

[7]焉：兼詞，相當於「於此」。

[8]隨以止：跟隨（別人）而停止（不前）。

[9]幽暗昏惑：幽深昏暗，叫人迷亂（的地方）。昏惑，迷亂。

[10]無物以相（ㄒㄧㄤ、）之：沒有外物幫助他。相，幫助，輔助。

[11]力足以至焉：意思是力量足以達到那裡（卻沒有達到）。焉，兼詞，相當於「於此」。這一句在「焉」後面省略了「而不至」。

[12]於人為可譏：在別人（看來）是可以嘲笑的。於，在。為，是。

[13]有悔：有所悔恨。

[14]其：難道，加強反問語氣。

【翻譯】

　　對於這件事我有所感慨。古人觀察天地、山川、草木、蟲魚、鳥獸，往往有所收穫，是因為他們探究、思考深入而且廣泛。平坦而又近的地方，前來遊覽的人便多；危險而又遠的地方，前來遊覽的人便少。但是世上奇妙雄偉、珍異奇特非同尋常的景觀，常常在那險阻、僻遠，而人們很少能到達的地方，所以，不是有意志的人是不能到達的。有了志氣，也不盲從別人而停止，但是體力不足的，也不能到達。有了志氣與體力，也不盲從別人有所懈怠，但到了那幽深昏暗而使人感到模糊迷惑的地方，卻沒有必要的東西來幫助，也不能到達。可是，力量足以達

到目的而未能達到，在別人看來是可以譏笑的，在自己來說也是有所悔恨的；盡了自己的努力而未能達到，便可以無所悔恨，這誰還能譏笑呢？這就是我這次遊山的收穫。

　　余於仆碑[1]，又以[2]悲[3]夫古書之不存，後世之謬[4]其傳而莫能名[5]者，何可勝[6]道也哉！此所以[7]學者不可以不深思而慎取[8]之也。

　　四人者：廬陵蕭君圭君玉，長樂王回深父，余弟安國平父、安上純父。至和元年七月某日，臨川王某記。

【注釋】

[1]仆碑：倒下來的石碑。
[2]以：「以之」的省略，因此，由此。
[3]悲：感歎。
[4]謬：弄錯，使……錯。
[5]名，指識其本名，這裡用作動詞。
[6]勝，盡。
[7]此所以：這（就是）……的緣故。
[8]慎取：謹慎地採取。

【翻譯】

　　我對於那座倒地的石碑，感歎古代刻寫的文獻未能存留，後世弄錯了它的流傳（文字），而沒有人能夠說明（情況）的事，怎麼能說得完呢？這就是學者不可不深入思考而謹慎地引用資料的緣故。

　　同遊的四個人是：廬陵人蕭君圭，字君玉；長樂人王回，字深父；我的弟弟王安國，字平父；王安上，字純父。至和元年七月，臨川人王安石記。

後 記

各位讀者大家好，感謝大家閱讀這本《半小時漫畫宋詞》。

之前我們寫的《半小時漫畫唐詩》，得到了許多人的喜愛，同時也收到很多建議。在這裡，向大家表示發自肺腑、熱乎乎的感謝！

既然寫了唐詩，那麼宋詞肯定也不能落下。於是，《半小時漫畫宋詞》的製作就被提上了日程，但是在策劃的過程中，我們遇到了很多問題。其中一個問題就是：我們只寫宋朝的詞人嗎，只寫詞嗎？為什麼這樣說呢？因為我們一提到宋朝的文學，自然而然就會想起宋詞，想起那些著名的詞人，比如晏殊、蘇軾、李清照、辛棄疾等。

但實際上，宋詩的數量遠超過宋詞，而且不乏流傳千古的名篇；唐宋八大家以散文著稱，八人中的六人，都是宋朝文豪。那麼，那些以詩、文見長而不以詞見長的文人，我們要不要寫呢？他們的詩和散文，我們要不要解讀呢？大家經過討論後，得出了答案，用蘇軾的一句話來總結，就是：來而不可失者，時也；蹈而不可失者，機也。用混子曰式的話說就是：寫都寫了，走過路過，不要錯過！

這些詩、詞和散文，很多都是念書時必背篇目。學生看了本書可以加深記憶，大人看了可以回味青春（或者送給小朋友，去折磨他們）。所以，這本書雖然叫《半小時漫畫宋詞》，但是不如叫《半小時漫畫宋代文學史及宋代市井文化及宋代二三事》來得貼切。那為什麼還叫《半小時漫畫宋詞》呢？原因很簡單：好聽。

當然，受篇幅所限，以及為了秉持「半小時漫畫系列」一貫的極簡原則，我們不可能把所有的文豪、名篇全都講一遍。在這一冊中，我們上承《半小時漫畫唐詩》，先從唐末講起，然後再進入宋朝，主要講的是北宋的文人們，以蘇軾作為壓軸大 Boss。至於蘇軾之後的文豪們，就是下一冊的內容啦！

「半小時漫畫系列」的使命是讓我們的作品成為大家學習道路上的敲門磚。這本《半小時漫畫宋詞》也不例外，希望它可以為大家打開一扇門，對大家的學習有所幫助。

——半小時漫畫系列・宋詞團隊

參考文獻

[1] 施議對。詞與音樂關係研究 [M]。北京：中華書局，2008
[2] 谷神子，薛用弱。博異志、集異記 [M]。北京：中華書局，1980
[3] 夏承燾。唐宋詞人年譜 [M]。上海：上海古籍出版社，1979
[4] 劉學鍇。溫庭筠傳論 [M]。合肥：安徽大學出版社，2008
[5] 曾大興。柳永和他的詞 [M]。中山大學出版社，1990
[6] 柳永，薛瑞生校注。樂章集校注 [M]。北京：中華書局，1994
[7] 歐陽修，宋祁。新唐書 [M]。北京：中華書局，1975
[8] 歐陽修。新五代史 [M]。中華書局，1974
[9] 馬令／陸游等。南唐書 [M]。南京出版社，2010
[10] 李燾。續資治通鑑長編 [M]。中華書局，2004
[11] 孫光憲，賈二強校注。北夢瑣言 [M]。北京：中華書局，2002
[12] 詞之美感特質的形成與演進 [M]。北京大學出版社，2007
[13] 《中國古代文學史》編寫組。中國古代文學史 [M]。北京：高等教育出版社，2018
[14] 袁行霈等。中國文學史。3卷 [M]。北京：高等教育出版社，2018
[15] 袁行霈等。中國文學史。2卷 [M]。北京：高等教育出版社，2018
[16] 俞平伯等。唐詩鑑賞辭典 [M]。上海辭書出版社，2013
[17] 郭預衡。中國古代文學史長編 隋唐五代卷 [M]。首都師範大學出版社，2000
[18] 郭預衡。中國古代文學史長編 宋遼金卷 [M]。首都師範大學出版社，2000
[19] 王力。中國古代文化常識 [M]。北京：北京聯合出版公司，2014
[20] 王力。詩詞格律 [M]。天津：天津人民出版社，2016
[21] 葉嘉瑩。古詩詞課 [M]。北京：生活・讀書・新知三聯書店，2018
[22] 顧隨。講唐宋詩 [M]。石家莊：河北教育出版社，2018
[23] 葉慶炳。中國文學史 [M]。臺灣學生書局，1997
[24] [元] 脫脫等。宋史 [M]。中華書局，1985
[25] 葉嘉瑩。北宋名家詞選講 [M]。北京：北京大學出版社，2007
[26] 葉嘉瑩。說詩講稿 [M]。北京：中華書局，2015
[27] 繆鉞，葉嘉瑩。靈谿詞說正續編 [M]。北京：北京大學出版社，2014
[28] 王水照，崔銘。歐陽修傳 [M]。北京：人民文學出版社，2019
[29] 康震。康震講歐陽修 曾鞏 [M]。北京：中華書局，2018
[30] 王國維。人間詞話 [M]。北京：華僑出版社，2015
[31] 漆俠。宋代經濟史 [M]。北京：中華書局，2009
[32] 程應鏐。范仲淹新傳 [M]。上海：上海人民出版社，2016
[33] 諸葛憶兵。范仲淹傳 [M]。北京：中華書局，2012
[34] 鄧廣銘。北宋政治改革家王安石 [M]。北京：生活・讀書・新知三聯書店，2017
[35] 康震。康震講王安石 [M]。北京：中華書局，2018
[36] 梁啟超。王安石傳 [M]。長沙：湖南人民出版社，2018
[37] 王水照／崔銘。蘇軾傳 [M]。天津人民出版社，2013
[38] 胡仔。苕溪漁隱叢話 [M]。人民文學出版社，1962